패
왕
의

별

패
왕
의
별

1판 1쇄 찍음 2017년 1월 5일
1판 1쇄 펴냄 2017년 1월 13일

지은이 | 강호풍
펴낸이 | 정 필
펴낸곳 | 도서출판 **뿔미디어**

편집장 | 문정흠
기획 · 편집 | 한관희

출판등록 | 2002년 9월 11일 (제1081-1-132호)
주소 | 경기도 부천시 원미구 소향로 17번길(두성프라자) 303호 (우) 14544
전화 | 032)651-6513 / 팩스 032)651-6094
E-mail | bbulmedia@hanmail.net
비북스 | http://www.b-books.co.kr

값 8,000원

ISBN 979-11-315-7677-9 04810
ISBN 979-11-315-2568-5 04810 (세트)

패왕의 별

3부

19

강호풍 신무협 장편 소설

뿔미디어

목차

제1장 무림맹에서 ···7

제2장 악(惡)은 강할 뿐만 아니라 질기다 ···93

제3장 탈출(脫出) ···129

제4장 천마검, 그리고 풍운 ···181

제5장 인생의 무게 ···237

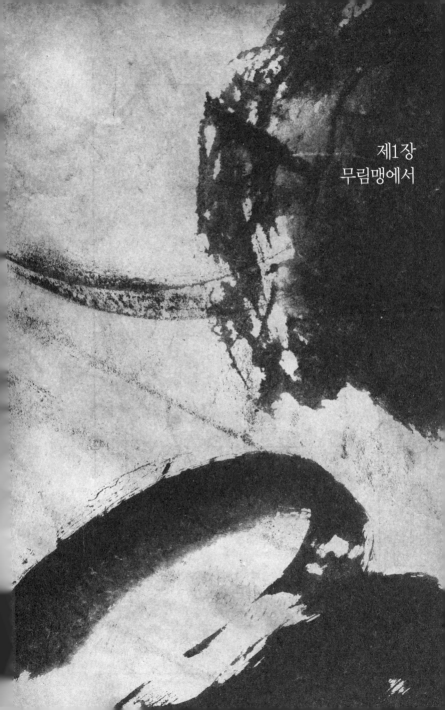

제1장
무림맹에서

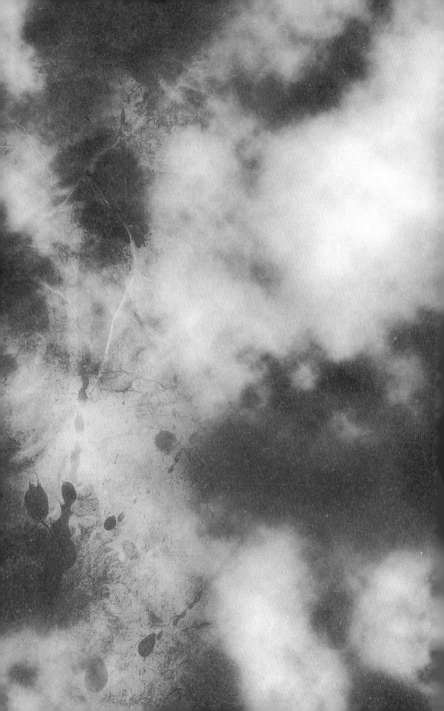

1

무림맹 총타가 있는 동정호(洞庭湖)의 군산도.

오전에서 오후로 넘어가는 섬의 풍경은 평소보다 한가로웠다.

무상 손거문이 이끄는 사오주를 저지하기 위해 호광 분타로 대규모 병력이 전날 떠났기 때문이다.

매앰매앰, 매애애애앰.

매미 소리가 한낮의 뜨거운 햇살과 함께 백현각 오층, 비상 대책 회의실의 창을 타고 넘어왔다.

무림맹 좌군사 목이내는 앉은 자리에서 부채질을 하다가 미간을 찌푸렸다.

이십여 명의 책사들이 한꺼번에 사직한 바람에 남은 사람들의 업무가 급증했다. 그러한 까닭에 모두가 과로로 안색이 좋지 않았다. 얼굴에 '힘들어 죽겠습니다'라고 쓰여 있는 것 같았다.

그나마 다행이라면 호광 분타로 병력 파견하는 일이 어제로 마무리되었기에 큰 고비는 넘겼다는 점이다.

어쨌든 목이내는 기분이 썩 좋지 않았다.

생동감 넘치는 표정으로 분주히 일을 해도 모자랄 판에 저리 우울한 기색들이라니.

구(九) 군사가 초췌한 모습으로 서류를 잔뜩 가지고 다가왔다.

목이내는 그 서류의 양을 보고는 신음이 절로 터져 나오려는 것을 가까스로 참으며 입을 열었다. 급하고 중요한 안건은 어제로 끝났다고 생각했는데…….

저 서류를 다 읽고 확인하려면 두 시진은 훌쩍 지나가리라.

"그건 또 뭔가? 시급한 일이 아니라면 점심 식사를 하고 나중에 읽고 싶은데."

식사 후에는 요즘 총타에서 화제를 불러일으킨 침술을 받을 예정이었다. 과장을 좋아하지 않는 맹현각의 각주가 입이 닳도록 칭찬한 침술이라서 기대가 컸다.

서른 중반의 구 군사는 충혈된 눈을 껌뻑거리며 대꾸

했다.

"호광 분타의 병력 파견 건(件)으로 어쩔 수 없이 미뤄뒀던 인재 채용에 관한 일입니다. 좌군사께서도 아시겠지만, 지금 총타의 여러 지원 부서들이 제대로 역할을 못하고 있습니다. 너무 많은 실무자들이 그만두는 바람에 다들 힘들어하고 있습니다."

목이내의 눈썹이 꿈틀거렸다.

"내가 그들을 잘랐다고 책망하는 건가?"

구 군사가 움찔한 표정으로 고개를 저었다.

"제, 제가 감히 어찌……."

"지금이 비상시국이란 걸 모르는가? 힘들지 않은 사람이 어디 있나? 당장 나만 해도 천하를 걱정하느라 꿈자리가 뒤숭숭해. 수뇌부인 나도 이렇게 힘든데, 감히 어느 놈이 불평을 한단 말인가!"

"……."

"비상시국이다. 불평이나 늘어놓는, 능력 없는 놈들은 필요 없어. 구 군사! 감찰조에 일러 내사(內査)를 진행하도록."

구 군사의 눈이 동그래졌다.

"네? 내사라니요?"

"불평하며 유언비어를 퍼트리는 놈들을 색출하란 말이야."

구 군사는 충격에 젖은 얼굴로 침을 삼켰다. 살인적인 업무량으로 모두가 간신히 버티고 있는 상황이다. 당연히 불평을 할 수도 있는데, 내사라니!

"좌군사, 내사를 하기엔 시기가……."

목이내는 들을 가치도 없다는 얼굴로 구 군사의 말허리를 끊었다.

"은밀히 진행하도록."

"……."

"어렵고 힘든 상황은 사람의 진면목을 드러나게 해주지. 이번 기회에 충성을 바치는 인재와 불평주의자들을 확실하게 구분해서 정리해야겠어."

"……."

"마교나 사파 소속이었으면 끽소리도 못할 것들이 주제도 모르고. 쯧쯧, 우리 정파가 사파에 비해 언로(言路)가 자유로우니 불순분자들이 이리 날뛰는 거겠지. 그런 놈들은 사파에서 일하다가 입을 잘못 놀려 목이 날아가 봐야 정신 차릴 놈들이야."

구 군사는 목이내의 말을 조목조목 반박하고 싶었다.

이곳이 싫으면 사파에서 일하다가 죽어봐야 한다니! 이 얼마나 치졸하고 비루한 논리이며, 비겁한 협박인가.

좌군사의 말대로라면 다양성을 잃어야 한다는 뜻이다. 그건 사파와 똑같은 독재와 독선으로 가는 길임을 좌군사는 정말 모르는 걸까?

하지만 그는 결국 고개를 숙이며 목이내에게 말했다.

"예…… 지시대로 하겠습니다."

"그리고 얼굴 좀 펴고 활기차게 일하라고 전해. 막중한 책임감에 짓눌리는 나도 이렇게 힘을 내고 있잖나!"

"예……."

그때, 한 중년 사내가 비상 대책 회의실의 문을 열었다. 그는 문가에서 손을 들고 목이내에게 말했다.

"시간 있나?"

십천백지 육천(六天)의 육존(六尊)이다.

방금까지 진중한 얼굴로 훈계를 쏟아내던 목이내가 언제 그랬냐는 듯이 미소를 지으며 대꾸했다.

"하하하, 없어도 만들어야지요. 제게 무슨 용건이라도 있으십니까?"

"심심한데, 죽원(竹園)이나 함께 가지."

말투는 권유지만, 실상은 명령이다.

죽원은 군산도 안에 있는 호수 옆 대나무 정원을 말한다. 그 주변에 몇 개의 별채가 있는데, 지금 그곳엔 강호의 유명한 후기지수들이 여럿 머물고 있었다.

육존이 후기지수들에 흥미가 있어서일까?

아니다. 그의 관심사는 언제나 그렇듯이 미녀였다. 사실상 빙봉 모용린을 거머쥔 그는 요즘 무림오화 중 한 명인 수화(水花)에게 꽂혀 있었다.

　물처럼 맑고 촉촉한 피부로 유명한 수화, 황보연을 만나러 가자는 뜻이다.

　목이내는 비릿한 미소를 머금으며 자리에서 일어났다. 그는 육존과 함께 백현각을 나서다가 멈춰 서서 말했다.

　"오늘은 수화에게 점심 대접을 받는 것이 어떻겠습니까?"

　육존은 소리 없이 웃으며 고개를 끄덕였다.

　"그것도 좋겠지."

　"그럼 식사를 준비하라고 미리 연통을 넣겠습니다. 그 때까지 저와 차나 한잔하시지요."

　"그러지. 그런데……."

　육존이 말을 끌다가 이었다.

　"무림오화는 다들 그렇게 아름다운가?"

　목이내가 낮게 웃고는 대답했다.

　"괜히 무림오화라 불리겠습니까? 특히……."

　그는 청화 독고설을 언급하려다가 입을 다물었다.

　독고가주는 권력욕이 강한 황보가주와 다르다. 그는 자신의 딸을 십천백지에 바치는 대가로 힘을 얻는 것을 달가워할 사람이 아니었다. 특히나 독고설은 무림서생과 꽤 깊은 사이라는 소문이 있었다.

　처녀가 아닌 여인은 거들떠보지 않는 육존의 취향을 고

려할 때, 쓸데없는 말은 하지 않는 것이 낫다 여겼다.

육존이 의아한 얼굴로 물었다.

"특히?"

"아, 별거 아닙니다."

"흠, 혹시 청화를 말하려고 했나?"

육존의 빠른 눈치에 목이내가 쓴웃음을 머금었다. 하긴 미녀라면 사족을 못 쓰는 그가 독고설에 관한 풍문을 듣지 못했을 리가 없다.

천하에서 가장 아름다운 여인을 단 한 명만 꼽으라면 십중팔구 청화 독고설일 거란 소문을.

육존이 묘한 미소를 지으며 중얼거렸다.

"흐음, 청화라……. 시간을 내서 한 번 봐야겠군."

목이내는 다실(茶室)로 향하며 말을 받았다.

"그런데 청화는 무림서생과 꽤 가까운 사이라서……."

"천하제일의 미색이라면 괜찮아. 작은 허물은 용서해 줄 수 있지. 안 그런가?"

"하하하, 그렇습니까? 하지만 문제는 또 있습니다. 독고가주는 청화를 첩으로 보낼 사람이 아닙니다."

육존이 발을 멈추고 목이내의 얼굴을 직시했다. 그러고는 천천히 힘주어 말했다.

"내가 하고 싶은 것, 갖고 싶은 것을 취하면서 다른 사람들의 생각까지 고려해야 하나?"

"……."

"우리 십천백지가 없었다면 정파무림은 이미 오백 년 전, 천마 때 무너졌다. 숱한 위기마다 우리의 힘이 이 세상을 지켰다. 그런 우리가 사소한 여흥도 즐기지 못한단 말인가?"

목이내는 대꾸할 말이 없었다.

그랬다. 비원은 신이다. 하늘이다.

무림의 황제.

이런 사람에게 보편적인 잣대는 어울리지 않았다.

"죄송합니다. 제 생각이 짧았습니다."

"빙봉처럼 처리해."

모용세가에 지속적으로 압박을 가한 것처럼 독고세가에도 그렇게 하란 의미다. 직접적으로 칼을 들이미는 건 하수나 하는 짓이다. 하지만 그보다 더한 압력이 가해진다.

모용세가의 제자들은 일자리를 구하기 어려워지고, 무림맹 진출은 거의 불가능해진다. 당연히 세력 확장은 꿈도 꾸지 못한다. 가지고 있던 토지도 관(官)에 빼앗기기 일쑤다.

반면, 제안을 받아들이면 사문의 앞날은 보장받는다.

이렇게 상당한 당근과 거대한 압박이 동시에 가해지면 버틸 수 있는 곳은 거의 없다고 봐야 한다.

그런 의미에서 모용린이 제법 오래 버틴 것은 매우 놀라운 일이었다. 가문을 설득하며 스스로의 실력으로 버텼으니까.

*　　　　*　　　　*

"좌군사께서 귀인과 함께 오시니 점심 식사를 준비하라는…….'

시녀는 눈치를 살피며 제대로 말을 잇지 못했다. 수화 황보연이 그 정체불명의 귀인이라는 자를 얼마나 끔찍이 싫어하는지 알기 때문이다.

무림오화 중 가장 어린 열여덟.

윤기가 자르르 흐르는 그녀의 얼굴이 눈에 띄게 어두워졌다. 그녀는 고개를 끄덕이며 닫혀 있는 문을 보았다.

믿음직스러운 자신의 호위들이었다. 하지만 이젠 감시자처럼 느껴졌다. 누구도 믿을 수가 없었다.

그녀는 이런 현실이 믿겨지지 않았다.

정파의 팔대세가 중 하나인 황보세가가 누군가의 압력에 굴복하다니!

예정대로라면 가문의 사람들과 함께 어제 호광 분타로 출발해야 했다. 그런데 아버지께서 갑자기 불러 아직 나이가 어리니 이곳에 남아서 인맥을 쌓으라고 하셨다.

그녀는 이런 갑작스런 통보가 며칠 전부터 매일 좌군사와 함께 찾아온 중년인 때문이란 것을 짐작할 수 있었다.

아버지는 그 중년인에게 비굴할 정도로 저자세를 보였다.

대체 그가 누구이기에?

시녀가 황보연의 상념을 깨고 다시 말했다.

"저희들이 식사를 준비하는 동안 아가씨께서는 치장을 하시면 됩니다."

황보연은 억지로 웃으며 고개를 끄덕였다. 시녀가 밖으로 나가자 그녀는 동경 앞에서 화장을 시작했다.

많은 생각들이 머릿속에서 배회했다.

권력욕이 강한 아버지는 중년 사내에게 자신을 팔아버린 것이다. 그건 확실했다. 왜냐하면 출정 전날 밤 이런 말을 했기 때문이다.

"세상에서 가장 강하고 귀한 분이 널 마음에 들어 하신다. 이건 본 가에 다시 오지 않을 행운이지."

"아버지, 저는 그 사람을 좋아하지 않아요."

"쯧쯧, 설마하니 사랑 타령을 하려는 건 아니겠지?"

"……"

"상류층으로 산다는 건 감성이 아니라 이성으로 살아야 한다는 걸 뜻한다. 네 나이 이제 열여덟이니, 무슨 말인지 알 거라 믿겠다."

"아버지……."

"본 가를 위한 일이기도 하지만, 너를 위해서도 좋은 일이다. 너는 평생 권력과 부의 중심에서 살 수 있을 테니까."

그녀는 그때 묻고 싶었다.

'그렇게 살면 정말 행복할까요?' 라고.

하지만 돌아올 답이 비웃음과 훈계일 것이 빤했기에 침묵했다. 아니면 '당연히 행복하지' 라고 답을 주셨을 것이다.

갑자기 그녀의 크고 맑은 눈에서 눈물이 또르륵 흘렀다. 동경을 바라보던 그녀는 입술을 깨물고 나직하게 중얼거렸다.

"지금 저는…… 행복하지 않아요."

이슬 가득한 그녀의 눈이 창을 향했다. 찬란한 햇살이 넘실거리는 창공으로 자유롭게 날아가는 새들이 보였다. 그녀는 뭐에 홀린 듯 일어나 창가로 다가섰다.

누구라도 좋으니 도와주었으면 좋겠다. 하지만 누구에게 도움을 요청할 수도 없다.

가문의 일이기 때문이다.

"내가 선택할 수 있는 게 없구나."

그녀는 자신이 참 작고 약하다는 것을 뼈저리게 실감했다. 도망쳐 숨고 싶었다.

그러나 이 군산도에서 어디로 도망치고 숨는단 말인가.

그때, 대나무 숲 뒤로 뾰족 솟아 있는 높은 전각들 중 하나가 그녀의 눈에 들어왔다.

드르륵.

문이 열리고 한 여인이 내실 안으로 들어섰다.

수화 황보연은 텅 비어 있는 내실을 빠르게 훑고는 짧은 미소를 머금었다.

"역시 아무도 없어. 후훗."

그녀는 문을 조용히 닫고 벽 쪽에 있는 침상으로 이동했다. 푹신한 이불이 깔려 있는 침상에 몸을 던지다시피 누우며 낮게 까르르 웃었다.

이건 아주 소소한 복수다.

사람들이 넘치는 작은 섬에서 자신을 추적하는 건 별로 어려운 일이 아닐 테니, 얼마 안 가 들킬 것이다.

그래도 최대한 얼굴을 숨기고 조심했으니…… 하루? 반나절?

아니, 한 시진이라도 좋았다.

좌군사, 그리고 그 재수 없는 중년인이 자신의 부재를 알고 얼굴을 한 번이라도 구기면, 그걸로 괜찮았다. 자신을 찾는 동안 그들이 낼 짜증이 좋았다.

더 나아가 상의 한 번 없이 자신의 인생을 결정지은 아버지가 나중에 이 사실을 알고 역정을 낼 거란 생각에 왠지 통쾌했다.

그리고 이건 그녀의 마지막 자존심이었다.

어른들이 멋대로 정해 버린 인생을 결국 살아갈 수밖에 없겠지만, 반항 한 번 해보지 못하고 따르는 건 너무 억울했다.

정말 유치하기 짝이 없는, 어쩌면 어른들은 짜증이나 역정은커녕 조소나 보낼 만큼 작은 복수다. 그래도 울적한 마음이 조금 위안이 됐다.

반 각 정도 지났을까.

후련한 마음이 가시니 다시 슬퍼졌다.

"흑, 흑흑, 왜 내 인생을 멋대로 정하고……. 귀인은 개뿔! 사람의 몸을 노골적으로 훑어보는 그 뱀눈이 얼마나 소름 끼치는데."

서러움이 북받치며 눈물이 잇따라 쏟아졌다.

"결국 이따위로 내 인생이 정해져 버리면, 내가 그동안 열심히 살아온 것은 뭐야? 나는…… 흑흑, 나는 정말 열심히 살았는데……. 그따위 인간과 같이 살라니."

그녀는 누운 채 팔등으로 눈을 가리고 엉엉 울었다. 그러자 반대쪽 벽에 붙어 있는 책상 아래에서 한 인영이 일어나서 자리에 앉았다.

그는 나직하게 한숨을 뱉으며 고개를 절레절레 저었다.

아무리 슬픔에 빠져 있는 황보연이라고 해도 무공을 익혔다. 상대가 인기척을 내며 한숨까지 쉬니 모를 수가 없었다.

"헉! 누, 누구냐?"

그녀는 침상에서 벌떡 일어나 삼 장여 떨어져 있는 책상 쪽을 보았다.

말총머리를 한 청년, 풍운이 의자에 앉아서 양손을 들어 보이며 어깨를 으쓱거렸다.

"제가 어지간하면 그냥 있으려고 했는데, 계속 울 것 같아서 말이죠. 우는 소리를 별로 좋아하지 않아서."

황보연은 그를 뚫어지게 보며 눈물을 연신 닦아냈다.

"누구세요?"

"원래 그건 주인이 손님에게 물어봐야 하는 것 아닌가요?"

"주인요?"

그녀는 고개를 갸웃거렸다.

이곳은 절강 분타주로 발령받아 떠난 빙봉 우군사의 거처다. 그녀는 풍운이라는, 강호에서 요즘 위명이 높은 인물에게 이 방을 물려주었다.

워낙 유명한 청년 고수라 많은 사람들이 만나고 싶어

했지만, 그 뜻을 이룰 수가 없었다. 왜냐하면 이곳의 지하에 있는 개인 수련실에서 폐관수련에 열중하고 있기 때문이었다. 그렇게 알려져 있었다.

수화 황보연은 그렇기에 이 방이 비어 있다 생각했던 것이다.

"설마, 풍운 소협이세요?"

풍운은 고개를 끄덕였다.

"예."

황보연의 눈이 대번에 화등잔만 해졌다.

"와! 뵙게 되어 영광이에요. 소협의 소문은 정말 많이 들었어요. 나이를 따지면 그 어떤 고수보다 빠른 성취를 보이신다면서요? 검과 경공이 정말 벼락처럼 빨라요? 절정이라는 말도 있고, 초절정이라는 말도 있는데…… 그건 거짓말이죠? 아! 그런데 폐관수련은?"

쏟아지는 질문 공세에 풍운은 고개를 젓다가 말했다.

"한 번 더 얘기하죠. 자꾸 주인과 객을 혼동하시는 것 같은데, 질문은 제가 그쪽에……."

황보연이 냉큼 말을 치고 들어왔다.

"그쪽이 아니라 수화 황보연이에요."

"예, 황보 소저. 그러니까…… 어? 무림오화의 수화요?"

황보연이 방긋 웃었다.

"예."

"정말요?"

"그렇다니까요."

"그런데 얼굴이……."

황보연의 얼굴이 딱딱하게 굳었다. 그녀는 급히 품속에서 손거울을 빼 들고는 제 얼굴을 비췄다. 참담했다. 그녀는 급히 얼굴을 매만지며 말했다.

"울어서 화장이 엉망이라 그래요."

"하하하, 뭐, 농이었으니 신경 쓰지 말아요."

"……."

"엿들으려 한 건 아니지만, 곧 시집가시나 봐요?"

그녀는 주변을 빠르게 훑었다.

원래 빙봉의 거처였기에 한쪽 구석에 화장을 할 때 쓰는 협탁이 보였다.

"잠깐 저걸 사용해도 될까요?"

풍운은 고개를 끄덕이며 말을 이었다.

"괜찮겠죠. 그런데…… 어른들이 결정한 거라면 어쩔 수 없지 않나요? 보통 다들 그렇게 하잖아요. 다른 곳도 아닌 황보세가니까……."

황보연은 협탁 앞에 앉아서 서랍을 열어 화장 도구들을 훑다가 몇 개 꺼내며 대꾸했다.

"그 남자가 정말 싫어요."

"하하하……."

"마흔 몇 살이라고 하는데……."

풍운은 뜻밖이라는 표정을 지었다. 나이 차가 많이 나는 혼례는 드물지 않다. 아니, 제법 흔한 편이다.

하지만 황보세가의 여식이며 무림오화 중 한 명이라면 얘기는 달라진다.

"대단한 사람인가 보네요."

풍운은 그녀와 편하게 대화하는 자신의 모습에 약간 놀랐다. 아마 '요즘 계속 혼자 생활하다 보니 적적했나?'라는 생각이 들었다.

황보연은 거울을 보고 빠르게 화장을 고치며 말을 받았다.

"대단하긴 한가 봐요. 우리 아버지께서 그 인간에게 꼬리 치는 모습을 봤으니까."

풍운은 쓴웃음을 깨물었다. 황보연이 부친에게 단단히 골났음을 보여주는 말이었다.

황보세가의 사람들이 태산의 기운을 받아서 직설적이라더니, 과연 그렇구나 싶었다.

"본처도 아니고 첩이라네요. 이게 말이 돼요?"

"……."

잠시 정적이 흘렀다.

풍운 입장에서는 황보연과 초면인데, 남의 집안일에 더

이상 끼어들기가 불편했다. 황보연은 화장에 바빴고.

반 각이 그렇게 흘러가고, 황보연이 환하게 웃으며 풍운 쪽을 바라보았다.

"지금은 다르죠?"

그녀는 자신이 예쁘다는 것을 잘 알고 있었다.

하긴 어떻게 모를 수 있겠는가, 보는 사람마다 극찬을 쏟아내는데. 괜히 무림오화라 불리겠는가.

그러나 풍운은 멀뚱멀뚱 바라보기만 했다, 아까와 똑같은 표정으로.

"……."

잠깐의 침묵. 풍운이 자신의 실수를 깨닫고 미안해하는 얼굴로 말했다.

"예, 정말 대단히 예쁘시네요. 과연 무림오화네요."

진정성이 전혀 없는 말투에 황보연의 얼굴이 무참하게 구겨졌다. 그때, 내실 밖 복도에서 사람들의 목소리가 들렸다.

풍운이 싱긋 웃고 그녀에게 말했다.

"소저를 찾아왔나 보네요."

"벌써……."

"소저가 온 시간을 따져 보면 거의 헤매지 않은 것 같은데요?"

"……."

"저는 복잡한 일에 휘말리기 싫은데……."

축객령이다.

황보연은 씁쓸한 미소를 지으며 고개를 끄덕였다.

"예, 알아요."

그녀는 문으로 다가서며 슬픈 웃음을 머금었다. 풍운은 그 얼굴을 보며 아까 침상에서 엉엉 울던 모습이 떠올라 착잡한 표정을 지었다.

그녀가 문을 열고 복도로 나갔다. 뒤이어 좌군사의 목소리가 들렸다.

"하하하, 황보 소저, 지금 이 일탈은 뭐랍니까? 재미없어요. 이건 아주 재미없어요."

풍운은 문 앞에서 꼭 쥔 주먹을 바르르 떨고 있는, 그러면서도 앞을 똑바로 주시하며 입을 여는 황보연을 보았다.

"제 의사와는 전혀 상관없이 흘러가는 인생이 너무 가련한 것 같아서요."

"하하하, 소저가 아직 어려서 그래요. 훗날 나에게 고맙다고 할 겁니다. 장담하죠."

황보연은 대꾸하지 않았다. 그녀가 발을 앞으로 떼려는 순간, 묵직한 목소리가 주변을 울렸다.

"저 안에 있는 자와는 무슨 사이지?"

육존의 날선 질문에 풍운의 눈동자가 흔들렸다. 자신

은 지금 기운을 지우고 있었다. 그런데도 간파했단 말인가.

'혹시? 설마?'

목이내는 의아한 얼굴로 말을 받았다.

"저긴 지금 아무도 없는 빈 곳……."

그러면서 황보연 옆으로 다가와 내실 안을 보았다.

풍운은 몸을 숨길 생각이 없었다. 보이지 않는 곳에 있었음에도 상대는 자신의 존재를 간파했다. 그런데 지금 숨는다면 그것이 더 이상할 테니까.

목이내는 눈을 치켜뜨며 풍운을 보았다.

"자네……."

풍운이 웃는 얼굴로 입을 열었다. 이곳에 방문했을 때 빙봉과 함께 잠깐 만났었다.

"오랜만입니다, 좌군사."

목이내가 딱딱한 얼굴로 물었다.

"폐관수련 중이 아니었나?"

"며칠 전에 나왔습니다."

"음, 그럼 말을 했어야지."

"하하하, 많이 바쁘신 것 같아서요."

그때, 육존이 문가로 걸어와 안에 있는 풍운을 보았다. 순간, 풍운은 자신도 모르게 입술을 깨물었다. 배알이 뒤틀렸다.

'역시 너였나? 빙봉 누님으로도 모자라서……. 색마 자식!'

육존이 차가운 눈빛으로 입을 열었다.

"네가 요즘 유명한 청년 고수 풍운이냐?"

"예. 그런데 그쪽은 누구십니까?"

육존의 눈꼬리가 올라갔다.

"그쪽? 후후후, 재미있는 청년이군."

그는 매섭게 풍운의 몸을 훑었다. 어떤 기운도 흘러나오지 않는다. 몸 안으로 깊숙이 갈무리하고 있다는 뜻이다. 태양혈도 돌출되지 않았다.

그래서 놀라웠다.

아직 한참 어려 보이는데 기운을 저렇게 다룰 수 있다는 것이. 정말 소문처럼 스물한 살일까?

육존은 고개를 저었다. 그럴 리가 없다.

그의 분위기가 너무 무겁고 살벌해서 좌군사를 포함한 사람들은 숨을 죽였다.

육존이 입술을 질겅질겅 깨물다가 물었다.

"여기에서 수화와 뭘 하고 있었지?"

풍운은 한차례 깊게 숨을 들이켰다.

느껴진다. 복도에 숨어 있는 열 명의 초인이, 그리고 육존이 노골적으로 드러내는 강대한 기운이.

놈을 제거하기 위한 확실한 기회를 잡기 전까지는 최대

한 몸을 사려야 한다.

"저는 황보 소저와……."

그때, 풍운과 황보연의 눈이 마주쳤다.

습막이 가득 퍼진 슬픈 눈과 삶을 체념한 듯한 미소.

딱히 황보연이 불쌍하거나 그런 것보다 육존의 쓰레기 같은 행각이 역겹고 짜증났다.

나중은 나중이고, 지금 한 방 먹일 방법이 없을까? 천류영 형님이라면 어떻게 할까?

그가 고민하는데, 황보연이 입을 열었다.

"저와 풍운 소협은 아무런 사이도 아닙니다. 괜한 분을 의심하지 마세요."

육존이 탐탁지 않다는 기색으로 말을 받아쳤다.

"흥! 아무 사이도 아닌데 둘만……."

풍운이 황보연을 직시하며 육존의 말을 끊었다.

"연아, 누군지는 모르지만 좋은 짝을 만났다니까, 이젠 정착하고 싶다니까 보내줄게."

황보연은 무슨 말인지 알아듣지 못해 의아한 표정을 지었다. 그리고 뜬금없이 왜 이름을 부르며 반말인가. 풍운이 안타까운 낯빛으로 말을 이었다.

"비록 짧은 추억이지만, 평생 잊지 못할 거야."

주변의 공기가 차갑게 가라앉았다.

그때, 멀리서 아스라이 호각 소리가 들렸다. 비상을 알리는 호각 소리가.

2

무림맹 총타.

정파무림의 심장이다.

이런 군산도에 난데없는 호각 소리가 일었다.

삐이이이익! 삐이이익!

누군가는 그 소리를 가까운 곳에서 들었고, 또 다른 누군가는 먼 곳에서 아스라이 들었다.

그리고 대부분은 의아한 표정을 짓다가 다시 자신이 하고 있는 일에 열중했다. 점심 식사를 하던 사람은 계속 밥을 먹었고, 길을 걷던 이들은 제 갈 길을 갔다.

상당수는 이 호각 소리가 비상을 알리는 것인지도 몰랐던 것이다. 그럴 수밖에 없는 것이, 언제 이곳에서 비상령이 떨어진 적이 있단 말인가.

물론 위급한 상황을 알리는 신호임을 아는 이들도 적지 않게 있었다. 그러나 그들조차 대수롭지 않은 표정을 지었다.

야심한 밤도 아닌 한가로운 대낮.

비상이 걸릴 일이 뭐가 있겠는가.

설사 뭔가 급한 일이 터졌더라도 곧 해결될 것이다. 굳이 자신이 나서지 않아도 누군가가 알아서 말이다.

이곳은 정파의 정예들로 가득한 곳이니까.

무엇보다 이 호각 소리는 누군가가 실수했을 확률이 높았다. 근래 현장의 책임자들이 상당수 물갈이되었다. 실무에 익숙하지 않은 인물들로 말이다.

좌군사 목이내도 미간을 찌푸리며 한숨을 푹 내쉬었다. 육존이 물었다.

"이 호각 소리는 뭔가?"

"비상을 알리는 겁니다."

"……."

"별거 아닐 겁니다."

실제로 모두가 그렇게 생각했다. 그러나 풍운은 달랐다.

"혹여 천마검이 아닐까요? 빙봉과 무림서생의 경고처럼."

말은 그렇게 했지만, 확신은 없었다. 이런 대낮에 기습이라니. 그건 풍운의 예상에도 전혀 없었다.

모두의 얼굴에 어이없다는 기색이 스쳤다. 목이내가 눈살을 찌푸리며 말했다.

"그놈들은 북방으로 도망쳤다. 그리고…… 그게 말이 된다고 생각하나? 쯧쯧, 미치지 않고서야 어떻게 이곳을."

그때, 육존이 손을 들어 목이내의 말을 제지시켰다. 그가 절강성으로 가지 않고 이곳에 남은 이유는 실낱같은 가능성이라도 천마검이 이곳을 기습할지도 모른다는 것 때문이다. 동료였던 칠존의 복수를 위해서.

"빙봉의 경고는 무시할 수 없지."

목이내가 볼멘소리로 대꾸했다.

"그놈들은 북방으로 도망쳤습니다. 아시잖습니까?"

육존은 입술을 지그시 깨물었다.

안다.

천마검 패거리가 탄 배를 쫓은 세력엔 십천백지도 있었으니까. 그들로부터 사흘 전에 연통을 받았다.

"하긴. 내가 과민했군."

그는 다시 풍운을 보며 말했다.

"애송아, 네가 방금 수화에게 말한 뜻이 뭔지 내게 자세히 털어놓아야 할 거다."

풍운은 어깨를 으쓱하며 천연덕스럽게 대꾸했다.

"그걸 왜 제가 말해야 하죠? 황보 소저와 혼례를 치를 분이라면 모를까."

육존의 눈가가 잘게 떨렸다. 그렇다고 인정하자니 불쾌했다.

"그냥 내가 알고 싶다. 그러니 너는 대답을 해야 한다."

목이내가 맞장구를 쳤다.

"풍운 소협, 어서 질문에 답하게. 이분은 아주 귀한 분이라네. 설마…… 수화와 깊은 사이는 아니겠지?"

풍운은 황보연을 보았다. 그녀의 얼굴에 어린 슬픈 기색이 씻기듯 사라져 있었다. 말장난을 통한 소소한 복수지만, 통쾌하고 후련한 표정이었다.

아까 울었다 웃었다 하는 것을 보며 느꼈지만, 참 단순하고 솔직한 여인이었다.

그때, 뭔가가, 마치 육중한 문이 부서지는 듯한 폭음이 들렸다. 거리가 멀어서 무림인이 아니라면 듣기 힘든, 여전히 아스라이 들리는 소리였다.

하지만 이번엔 대부분 사람들의 눈동자가 흔들렸다. 누군가의 실수가 아닌, 진짜로 뭔가 심상치 않은 일이 생겼다는 것을 직감한 것이다.

비상 호각 소리에 곧바로 민감하게 반응한 사람들은 내성의 문을 지키는 수문장과 휘하 수하들이었다.

왜냐하면 안으로 들어오는 문 바로 밖에서 호각 소리가 들려왔기 때문이다. 외성의 마지막 검문소에서 부는 호각이다.

"오늘 무슨 훈련이라도 있나?"

총타 내성의 경계와 질서를 책임지는 수도부(守島部)

소속의 내성 수문장, 양성오.

그는 더운 날씨에 부채질을 하며 수하들에게 물었다.

십여 명의 수하들이 서로 얼굴을 바라보다가 모두 고개를 저었다.

문에 가장 가까이 있던 수하가 빗장을 올리려는데, 고함이 안으로 파고들어 왔다. 호각 소리를 뚫고 들어오는, 그야말로 우렁찬 폭혈도의 쇳소리.

"대천마신교의 대종사!"

양성오를 포함한 그의 수하들, 그리고 주변에서 걸어가던 이들이 눈을 치켜떴다.

그러나 모두가 픽픽 실소를 뱉어냈다. 어떤 이는 배를 잡고 폭소를 터트렸다.

양성오는 쓴웃음을 깨물고 고개를 절레절레 젓다가 흠칫하며 미간을 찌푸렸다.

내성으로 들어오는 거대한 문 반대편에서 적지 않은 인원들이 발검하는 소리가 들려왔다.

빗장을 잡았던 수하와 그 주변의 동료들이 웃다가 굳은 표정으로 양성오를 보았다. 문 저쪽에서 섬뜩한 기운이 몰려오는 것이 느껴졌다.

찰나의 정적.

양성오는 설마 하면서도 문가에 있는 수하 중 한 명에게 고갯짓을 했다.

높은 담벼락으로 올라가 밖을 확인하라는 무언의 지시였다.

호각 소리가 계속 이어지고 있었다. 그리고 적지 않은 이들이 문을 향해 달려오는 소리가 위협적으로 들렸다.

"설마…… 아니겠지?"

그때, 주변에 있는 전각의 창을 통해 밖을 보던 이들이 소리치기 시작했다.

"적이다!"

"적들이 몰려온다아아아!"

양성오의 명을 받은 수하가 팔 척 높이의 담 위로 빠르게 올라갔다.

"헉! 적입니다. 기습입니다!"

설마 하던 양성오와 수하들, 그리고 주변을 오가던 사람들이 입을 쩍 벌렸다.

실수나 훈련이 아니라 정말 어떤 세력이 기습을 해온 거란 말인가? 어떻게 그런 일이 가능하단 말인가? 천하교에서부터 이곳까지 존재하는 검문소들은 대체 뭘 하고 있었단 말인가?

수많은 질문이 얼어붙은 뇌에 폭주했다.

양성오가 급히 물었다.

"규모는?"

담 위에 있는 수하가 빽! 소리 질렀다.

"일백여 명!"

대답이 떨어지기 무섭게 정파인들의 얼어붙은 표정이 스르르 풀렸다.

양성오는 방금 전 들려온 쇳소리를 기억했다.

천마신교라고 했다.

"마교의 자객들일 것이다."

모두가 고개를 끄덕였다.

만약 저들이 은밀히 잠입에 성공했다면, 적지 않은 요인들이 암살당했을지도 모른다.

하지만 다행히 저들은 간파되었다.

환한 대낮에 노출된 자객들은 결코 무서운 상대가 아니다.

그렇게 생각되자 근방 사람들의 입가에 미소가 맺혔다.

이건 공을 세울 수 있는 기회다!

양성오는 옆에 있는 부수문장에게 급히 지시를 내리며 앞으로 걸어 나갔다.

"부주님께 알려라."

수도부주에게 지원을 요청하라는 뜻이다.

주변을 오가던 무림인들이 눈을 빛내며 양성오에게 앞다퉈 말했다.

"돕겠소."

"미력하나마 지원하고 싶습니다."

"청룡단의 삼조장, 설묵검이오."

양성오가 반색했다.

설묵검은 절정을 바라보는 특급 고수다. 원래 청룡단의 부단주였지만, 과격한 성정으로 사고를 한 번 쳤고 근신 중이라 삼조장으로 강등된 상황.

그리고 주변 전각에서도 무사들이 병장기를 챙겨 몰려 나오기 시작했다.

무림맹 총타에서 일하거나 이곳을 방문한 무림인들. 다들 고향에서는 나름 고수란 소리를 듣던 그들은 전공을 세울 기회에 행복한 표정마저 지었다.

이 시각, 이곳을 지나가게 된 것이 행운이라 확신했다. 분명 이건 훗날 멋진 영웅담이 될 것이리라.

양성오는 회심의 미소를 지었다. 수도부의 지원이 오기 전에 해결할 수 있으리라. 그는 문가의 수하에게 명했다.

"문을 열어라! 밖의 검문소 동료들과 협력해 자객들을 정리한다!"

그때, 담벼락 위에 있던 수하가 다시 안으로 뛰어내리며 외쳤다.

"어어, 빠, 빠릅니다. 지척까지 접근……."

그의 경고가 채 끝나기도 전에 굉음이 울렸다.

콰아아아앙!

종잇장처럼 찢겨지는 문.

빗장을 풀려던 수하가 비명도 지르지 못하고 나가떨어졌다.

양성오를 포함한 많은 정파인들의 시선이 한곳에 꽂혔다. 그와 동시에 본능적으로 깨달았다.

이자는 총타에 몰래 숨어들려다 들킨 자객이 아니다.

구 척의 청룡극을 쥔 애꾸 사내.

그의 거대한 고함이 허공을 울렸다.

"나는 대(大)천마신교의 흑랑대주 초지명! 천마검 대종사의 명을 받들어 선봉에 선다!"

"……!"

새외를 종횡무진 누볐다는 흑랑대?

그곳의 대주, 야전의 맹장이며 전장의 창이라 불리는 초지명이라고?

부우우우웅.

초지명이 안으로 뛰어들며 청룡극을 휘둘렀다.

경악하는 와중에도 무림맹 총타의 무사답게 재빨리 뒤로 물러나 전열을 정비하려던 이들에게 구 척의 청룡극은 악몽이었다.

슈가가각!

"끄아아악!"

"커흑!"

"아악!"

세 정파인이 반격조차 못하고 몸이 갈라졌다. 그들의 얼굴이 몸과 분리되어 허공으로 떠올랐다.

그 장면을 목격한, 달려오던 정파인들은 자신도 모르게 몸을 부르르 떨어야 했다.

일격에 세 명의 목이 떨어졌다.

가공할 속도에 믿기지 않는 힘.

초지명은 앞으로 걸었다. 그를 따라 마교도들이 부서진 문으로 쏟아져 들어왔다. 문의 좌우 담벼락으로도 속속 뛰어 넘어왔다.

흑랑대 일조장, 몽추.

흑랑대 이조장, 파륵.

그들이 가장 먼저 튀어나와 초지명의 좌우 방위를 점했다. 그리고 흑랑대의 최정예들이 그 뒤를 따랐다.

일사불란한 모습.

초지명의 옆을 노리던 이들이 그들의 칼에 속수무책으로 쓰러졌다.

부우우우웅.

초지명의 청룡극이 쉬지 않고 춤을 췄다. 오로지 좌우 베기뿐이다. 그럼에도 그 막강하고 압도적인 공세에 정파인들의 안색이 핼쑥해졌다. 서슬 퍼런 기운이 그 극에서 쏟아져 나오며 전면을 할퀴었다.

양성오는 섬뜩하게 다가오는 초지명을 향해 창을 쑤셔 넣었다.

"마구니! 죽어……."

슈캉! 서걱!

그의 창이 쪼개지는 동시에 목이 잘려 머리가 허공으로 떠올랐다. 그런 후, 천천히 뒤로 넘어가는 목 없는 시신을 초지명의 팔뚝이 쳤다.

흑랑대의 앞을 막는 건 시체라도 용납하지 않는다.

부우우우웅.

그의 앞에서 놀라 주춤하던 이들 역시 비명과 함께 쓰러진다. 초지명이 외쳤다.

"막는 자 죽고, 피하는 자 살 것이다!"

그러고는 수하들에게도 외쳤다.

"흑랑대의 돌파를 이놈들에게 보여준다! 심장이 터질 때까지 달린다!"

"와아아아아!"

그가 명을 내리는 사이의 허점을 노리고 초로의 인물이 득달같이 달려들었다.

의원들을 기다리던 맹현각주.

"이노오오옴, 감히 여기가 어디라고!"

그의 손에 들린 참마도가 초지명의 머리로 떨어졌다. 그러나 초지명의 주먹이 그의 안면에 먼저 꽂혔다.

콰직.

그의 코가 깨지며 안면이 함몰되었다. 동시에 그의 동체가 달려들었던 것만큼이나 빠르게 뒤로 튕겨 나갔다.

"가자!"

초지명이 이젠 뛰기 시작했다. 그의 바람처럼 흑랑대는 찰나도 멈추지 않았다. 뛰면서 칼을, 창을, 극을 휘둘렀다.

쩌어어엉, 쨍쨍쨍!

병장기가 충돌하며 시퍼런 불똥이 튄다. 하지만 흑랑대의 전진은 계속된다.

흑랑대의 일격을 버텨낸 정파의 고수들. 그러나 그들을 기다리는 건 천랑대였다. 흑랑대는 오로지 앞쪽만 쳐내고 부수며 전진했다.

슈가아아앗! 쇄애애액!

선두의 초지명에게 정파인들이 던진 창과 비수가 집중된다.

파파파팟.

어깨를, 팔뚝을, 그리고 허벅지를 스치고 지나간다. 스친 자리로 핏물이 번져 나갔다.

고통? 아니 쾌감이다.

무림맹 총타를 돌파하는 데 자잘한 부상 따위는 허락해 준다. 대신 나는 너희들의 자존심과 목숨을 취할 테니까.

부우우우웅.

"*끄아아악!*"

비수를 던진 이가 비명과 함께 무너진다.

"*끄어어억, 살려……*"

창을 던진 놈의 머리가 부서진다. 청룡극을 통해 전해지는 파육감에 심장이 더욱 거칠게 뛰었다.

휙휙.

바람이 그의 양 귀에서 진동한다. 자연의 바람이 아니라 자신이 만들어낸 속도다. 그리고 이 바람은 폭풍이 되어 저들을 덮쳤다.

가장 앞에서, 가장 뜨겁게 보여주겠다.

너희들이 무시하는 변방의 무사가 얼마나 강한 지!

나를 죽일 순 있어도 전진을 막지는 못하리라!

"크허허허!"

폭혈도가 웃으며 붉은 환도를 휘둘렀다. 어지럽게 흔들리며 뿜어져 나오는 붉은 도기가 정파인들을 덮쳐 갔다. 그런 후엔 어김없이 비명이 울렸다.

원래 폭혈도는 흑랑대 뒤에서 천랑대를 이끌어야 했다. 그러나 이미 그의 신형은 흑랑대의 최선두인 초지명을 바짝 따라잡았다.

"흑랑대주님, 가끔 바꿉시다."

선두엔 공격이 집중된다. 나름 배려다. 그러나 초지명

은 심드렁하게 대꾸하며 더욱 속도를 올렸다.

"그럴 일 없을 거요."

뒤쪽의 천랑대 일조원이 폭혈도를 향해 빽! 소리 질렀다.

"조장님! 또 혼자 갑니까?"

그 말에 동료들이 낄낄거렸다. 이젠 애초에 폭혈도가 저리 움직일지 알고 계획에 포함시켜 둔다. 천랑대원들은 웃으면서도 눈초리는 매서웠다.

사방이 적.

정파의 정예들이 몰려 있는 무림맹 총타다.

찰나의 실수로 죽게 되는 것이다. 그리고 자신 한 명이 죽으면 동료의 부담이 늘어난다.

그들은 지금 태어나 가장 고도의 집중력을 발휘하는 중이었다.

무림맹 청룡단 삼조장 설묵검.

상당한 수준의 검술을 자랑하는 특급 고수.

그는 두 흑랑대원의 공격을 막고 버텼다. 어찌나 미친 듯 달려드는지 제대로 된 대결을 할 상황이 아니었다. 세 명과 세 번의 충돌.

그러나 벌써 지쳐 버렸다.

미친놈들이다.

일격에 전력을 다한다. 저래서야 얼마나 버틸 수 있을까?

휘리리릭.

순간, 보랏빛 채찍이 허리를 파고들었다. 피하지 않으면 잡힌다. 그는 옆으로 몸을 굴렸다. 하지만 채찍은 뱀처럼 따라와 허리가 아닌 목을 감았다.

"컥!"

단숨에 채찍이 목을 파고들었다. 칼까지 버리고 양손으로 채찍을 잡아 풀면서 버텼다. 그러자 한 사내가 자신을 뛰어넘으며 지나갔다.

콰직.

그가 쥔 칼이 미간에 박혔다.

설묵검은 그렇게 허망하게 죽음을 맞이하는 순간…… 보았다. 자신의 얼굴에 칼을 찔러 넣은 사내가 다른 손으로 들고 있는 깃발을, 그리고 펄럭이는 그 붉은 깃발에 적혀 있는 글자를.

대천마신교!

저 깃발이 무림맹 총타 안에서 휘날리다니!

'이, 이건 치욕이야.'

설묵검의 마지막 생각이었다.

내성의 널찍한 광장에 고함과 비명이 빗발쳤다.

전각에서 개미 떼처럼 몰려나오던 정파인들은 그제야

마교도들이 엄청난 고수들임을 깨달았다.

마구잡이로 달려가 충돌할 놈들이 아니었다. 신중하게 접근해야 한다는 생각이 뇌리를 스쳤다.

그렇게 잠깐 진퇴를 망설였다. 그러는 순간, 마교도의 대부분이 광장을 지나 중앙 대로로 들어서기 시작했다.

그야말로 파죽지세였다.

워낙 빨라서 망설이던 수많은 정파인들이 당황했다. 마구니들이 코앞에서 수십여 동료들을 헤치고 중앙 대로로 진입하는 걸 방관만 하게 된 것이다.

한편, 마교의 후위에 있던 화선부의 여인들은 예상한 것보다 자신들이 별로 칼을 휘두를 일이 없자 혀를 내둘렀다.

선두의 흑랑대와 후위의 천랑대.

최정예가 뭉친 이들의 조합은 그야말로 무적이었다.

이 넓은 광장을 순식간에 돌파할 줄이야.

화선부주 하유는 기가 질려 헛웃음까지 나왔다.

자신들이 원래 정파였다는 것조차 잊고, 이 짜릿하면서도 말도 안 되는 돌파의 끝을 보고 싶었다.

그러나 자신들의 역할은 여기까지다.

그녀는 급히 화선부의 수하들과 함께 뒤돌아 달렸다.

"하아아, 하아아……."

자신들은 잠깐 뛰었을 뿐이다. 별로 칼을 휘두르지도

않았다. 그런데도 숨이 가빴다. 심장이 미친 듯이 뛰었다.

여인들이 따로 떨어져 우르르 퇴각하자 정파인들이 살기를 흘리며 달려들었다. 일단 이들을 제거하고 중앙 대로로 진입한 놈들을 뒤쫓을 심산이었다.

그때, 한 사내가 뒤늦게 내성 안으로 들어섰다.

안력이 남다른 누군가가 그의 조각 같은 얼굴과 오른쪽 뺨의 검상을 보고 외쳤다.

"처, 천마검이다!"

그 외침이 여인들을 추적하던 대부분을 멈추게 만들었다.

살아 있는 마교의 전설.

얼마 전, 고작 세 명의 수하와 함께 무림맹주의 가문을 쑥대밭으로 만들어 버린 장본인.

하유가 가쁜 숨을 고르며 백운회 앞에 당도했다.

"죽지 않을 거죠?"

백운회는 말없이 미소만 지었다. 하유도 소리 없이 웃으며 말했다.

"당신은 천마검 백운회니까요."

천마검의 역할은 앞에서 치고 나가는 천랑대와 흑랑대의 후방을 정리하는 것이다. 그들이 뒤는 신경 쓰지 않고 오로지 돌파에만 집중하게끔.

이건 선두에서 기습 돌파하는 것보다 훨씬 더 어렵다. 왜냐하면 원래 고수나 높은 자리에 있는 자들은 천천히 나오기 때문이다.

타고 온 마차가 있는 곳에서 비명이 터져 나왔다.

칠천의 일지, 귀순한 그가 싸우고 있었다. 아니, 정확히 말하면, 그가 자신에게 달려드는 정파인들을 학살하고 있었다.

가히 살인에 관해서는 군더더기를 찾아볼 수 없는 깔끔한 동작들.

백운회가 하유를 향해 말했다.

"조심해서 돌아가도록."

하유는 찰나 머뭇거렸다. 하고 싶은 말이 많았다. 그러나 지금의 대화조차도 그의 시간을 허비시킨 것일지도 모른다.

"조심하세요."

백운회는 앞으로 천천히 걸었다. 수많은 사람들이 날붙이로 그를 노리며 앞과 좌우를 막고 있었다. 어느새 그 인원이 이백을 넘었고, 계속 늘어났다.

눈이 시리도록 환한 햇살 아래, 그가 그렇게 앞으로 걸어갔다. 하유는 마차를 향해 뛰기 직전, 부서진 내성의 정문에서 멈췄다. 한 번이라도 그의 뒷모습을 더 보고 싶었다.

단단한 어깨와 넓은 등.

바람이 불었다. 그 바람이 천마검의 머리칼을 휘날렸다. 그에 하유가 입술을 깨물었다. 천마검이 바람 불 때마다 허공을 쳐다보는 것을 안다.

하연 부주님을 생각하며.

혹시 지금 하연 부주님의 혼백이 이 자리에 있는 건 아닐까?

선지운, 한때는 정파인이었으나 천랑대의 신입이 된 그가 하유의 손목을 잡았다.

"하유 부주님, 이제 가야 합니다."

"예, 가요."

천마검의 뒷모습을 눈에 담은 하유가 소리 없이 웃고 돌아섰다. 한때는 하연 부주님이 세상에서 가장 불쌍하다고 생각했다. 그러나 이젠 아니다. 세상에서 당신이 제일 부럽다.

여기저기에서 속속 무림맹 총타의 고수들이 모습을 드러냈다. 내성의 왼쪽 끝에 있던 전각에서 사자후가 터졌다.

"으허허허엉! 천한 마구니 따위가 이곳을 노린단 말이냐!"

그의 사자후에 대기가 몸살을 앓았다. 정파인들이 희열에 차 함성을 질렀다.

"동정일선(洞庭一仙) 님이시다!"

동정호의 신선이라 불리는, 십 년 전 초절정의 경지에 들어섰다는 선풍도골의 초인.

광장에서 대로로 들어가는 방향의 두 번째 전각에서도 두 인영이 솟구치며 노호성을 터트렸다.

"갈! 마를 제압하리라!"

"마구니들이 미쳤구나!"

천마검의 유명세와 그에게서 느껴지는 기운에 살짝 주춤하던 정파인들이 환호성을 질렀다.

호광쌍봉(湖廣雙棒)이다.

쌍둥이 형제로, 둘 다 절정고수다. 그러나 둘의 합격은 십대고수마저도 고개를 절레절레 젓는 실력이었다.

계속해서 속속 고수들이 모습을 드러냈다.

기실 비상 호각 소리가 터진 시간을 고려하더라도 그들이 뒤늦게 당도한 건 아니었다.

초지명과 흑랑대가 선두에서 부대를 지독하게 빨리 이끌었다는 것이 맞다.

또한 이 근처에 있는 정파의 고수들도 설마 진짜 적이 침입했을 거라고는 생각 못했기에 대처가 늦었던 것이다.

백운회는 일정한 보폭으로 걸으며 손을 목 뒤로 넘겼다.

스르릉. 우우우웅.

검이 울음을 터트리며 천천히 검집에서 빠져나왔다.

십천백지의 칠존이 억만금을 주고도 살 수 없다고 말했던 명검(名劍).

동정일선이나 호광쌍봉 같은 고수들이 그 검에서 흘러나오는 섬뜩한 예기를 느끼고 찰나 걸음을 멈출 정도였다.

백운회는 검신을 가볍게 손가락으로 튕기며 하얗게 웃었다.

정파인들은 그 순간 기이한 위화감을 느꼈다.

전혀 겁먹지 않은 천마검의 표정은 둘째 치고, 그의 신형에서 뭉클뭉클 쏟아져 나오는 거대한 기운. 허공이 부르릉, 소리를 내며 울었다.

마기(魔氣)다.

그런데 단순한 마기가 아니었다.

사기(死氣).

마치 죽음의 기운이 온몸을 휘감는 듯했다.

지옥의 사신이 존재한다면 이런 기도를 보일까?

마가 주재하는 기운 속에 소름 끼치는 죽음이 느껴진다.

백운회의 입술이 열렸다.

"오늘 이후로 다시는 너희가 우리를 무시하고 천대하지 못하리라."

육합전성처럼 그의 목소리가 사방에서 울리며 퍼져 나

갔다.

"커흑!"

"으으윽."

내공이 일천한 자들이 가슴을 움켜쥐며 비틀거렸다. 나름 고수라 불리는 이들도 인상을 찌푸리며 가슴이 답답해지는 것을 느꼈다.

백운회의 오른발이 강하게 바닥을 쳤다.

콰아아아아앙!

진각을 밟자 바닥의 돌들이 깨져 나갔다.

그가 쥔 칼이 울고, 그 주변의 허공도 울었다.

"이제 보라, 너희들이 조롱하던 우리들의 힘과 의지를."

말이 끝나기 무섭게 백운회의 신형이 앞으로 질주했다.

3

목이내는 정신없이 계단을 뛰어 내려가 전각을 빠져나왔다. 거리를 오가는 정파인들은 모두 어리둥절한 표정이었다. 전각의 창마다 사람들이 고개를 내밀었다.

내성의 정문이 있는 저 언덕 너머에서 무슨 일이 벌어지고 있음이 분명했다.

두 노인이 목이내를 보고는 다가왔다.

"좌군사, 가상 훈련입니까?"

목이내는 무시하고 백현각으로 움직이고 싶었다. 일단 모든 정보는 비상 대책 회의실로 상달되니까.

하지만 두 노인은 그렇게 무시할 수 있는 인물들이 아니었다.

십대고수인 대종(大宗) 장일주와 산동의 삼대고수 중한 명인 도왕(刀王)이었다.

정파무림의 명숙들.

목이내는 가볍게 목례를 하며 자신도 무슨 일인지 모른다고 말하려 했다.

순간, 지금 총타에서 모든 정보를 총괄하는 책임자가 그리 말하기엔 너무 한심하고 무능력해 보인다는 생각이 들었다.

뭐라 둘러댈까 망설이는 사이에 대종 장일주가 눈살을 찌푸리며 말했다.

"비명과 고함이 들리네."

청력이 남다른 그가 말하자 이내 산동도왕도 고개를 끄덕였다.

"희미하지만…… 예, 그런 것 같군요. 실제 상황이군요."

둘과 주변에 있던 이들의 시선이 목이내에게 집중됐다. 대종 장일주가 물었다.

"어떤 놈들인가?"

목이내는 짜증이 솟구쳤다. 지금 그걸 알아보려 움직인다는 말을 하려고 했다. 더 이상 모른 척 발뺌하긴 어려웠다.

그때, 언덕의 정상에 있는 망루에서 누군가가 공력을 실어 외쳤다.

"마교의 흑랑대 백여 명이 쳐들어왔다아아아!"

파수병의 고함에 목이내뿐만 아니라 사람들의 눈이 동그래졌다.

어떤 이는 황당한 표정을 지었고, 누군가는 경악했다. 그리고 대종과 도왕 같은 이들은 혀를 차며 담담한 표정을 지었다.

고작 백여 마구니가 이곳에서 무엇을 할 수 있겠는가.

대종이 말했다.

"자살조(自殺組)군. 마구니들이 전쟁에서 패할 것 같으니 이리 치졸한 짓을……. 쯧쯧."

그의 말에 모두가 고개를 끄덕이며 동조의 낯빛을 보였다. 도왕이 말을 받았다.

"상황이 어쨌든 마구니 따위가 총타의 내성까지 들어오는 일이 생기다니, 그냥 넘길 수 있는 사안이 아닙니다."

외성의 경계를 질책하는 것이다.

그때, 언덕의 망루에서 또다시 공력을 담은 고함이 터

져 나왔다.

"절반 정도가 도망간다아아아!"

하유가 이끄는 화선부가 빠져나가는 것을 망루의 파수병이 그렇게 해석한 것이다.

어쨌든 그의 고함은 목이내와 주변의 사람들, 그리고 전각에서 바라보던 육존까지 실소를 자아내게 만들었다.

목이내는 긴장을 풀며 속으로 한숨을 삼켰다. 그러고는 자신을 바라보는 사람들을 보며 여유로운 미소를 지었다. 하지만 속으로는 이를 갈았다. 외성의 경계 무사들을 가만두지 않겠다고 벼르면서 백현각으로 발을 옮겼다.

그러나 언덕 정상의 망루에서 다시 들려오는 외침에 숨을 들이켰다.

"창궁(蒼宮)이 돌파당했다아아아아!"

내성의 광장에서 중앙 대로로 들어와 삼십여 장 거리에 있는 전각이 창궁이다.

마교도의 절반이 도망친다기에 한숨 놓고 있던 정파인들이 눈을 치켜떴고, 대종이 입을 쩍 벌렸다.

"벌써? 설마……."

있을 수 없는 일이었다.

내성 입구의 광장과 창궁 사이는 가장 많은 무사들이 오가는 번화가라 할 수 있다. 문파로 치면 외당의 무사들이 가득하다. 또한 내성의 경계를 책임지는 수도부의 정예가 창궁에 있었다. 고작 백 명, 아니, 이젠 오십에 불과한 마구니 따위가 이리 짧은 시간에 돌파할 수 있는 곳이 결코 아니었다.

도왕이 굳은 얼굴로 언덕 정상의 망루를 보았다.

또 고함이 들려왔다.

"으아아! 괴, 괴물이다! 광장에 괴물이 있다아아!"

언덕 너머의 분위기가 급박하게 돌아가는 것이 여기에서도 느껴졌다. 주변의 사람들이 웅성대다가 움직이기 시작했다. 도왕이 목이내를 보며 말했다.

"대체 저 망루에 있는 사람은 누군가? 보고를 저따위로 해서야……. 쯧쯧."

사실을 전파하고 있긴 하지만, 뭔가 굉장히 허술하다는 것을 모두가 느끼고 있었다. 목이내는 입이 열 개라도 할 말이 없었다.

원래 망루의 근무자는 자신이 잘라 버렸으니까. 그리고 망루에서 근무한 경력이 없는 자를 뇌물을 받고 앉힌 것도 자신이었고.

대종 장일주가 내공을 이용해 다시 청력을 끌어 올리고는 심각하게 말했다.

"이럴 수가, 정말 오십여 명이라고? 계속…… 전진해 오고 있어. 가봐야겠네."

그가 경공을 일으켜 뛰어나갔다. 도왕도 그 뒤를 따랐고, 주변 무사들도 우르르 움직였다.

목이내는 시뻘겋게 변한 얼굴로 부르르 몸을 떨었다.

어쨌든 현재 이곳의 총책임자는 자신이다. 차후 이번 일에 관한 책임 소재를 따지게 될 것이고, 문책을 피하기 어려울 것이다.

그때, 그의 눈이 찢어질 듯이 커졌다.

언덕 정상의 망루가 쓰러지는 것이 보였다. 그 망루에 있던 자의 비명이 허공을 갈랐다.

"으아아아아아……."

목이내는 입을 벌리고 말했다.

"벌써 저기까지? 말도 안 돼."

그는 현실을 부정하고 싶은 듯 머리를 세차게 흔들었다.

*   *   *

천마검 앞을 막고 있던 수백의 정파인들은 침을 꼴깍 삼켰다. 누군가가 말했다.

"온다, 온다고."

겁먹은 목소리는 아니다.

아무리 천마검이라도 그는 무리와 떨어져 혼자였고, 자

신들은 이제 삼백을 넘어섰다. 그리고 뒤늦게 합류하는 이들도 계속 늘고 있었다.

이들 모두가 고향에서는 대단한 고수라 인정받는 진짜 정예들이다. 그리고 이름만으로 천하를 쩌렁쩌렁 울리는 고수들이 속속 등장하고 있었다.

"천마검을 잡자!"

한 장정이 호기롭게 외치며 발을 내디뎠다. 그를 시작으로 많은 정파인들이 앞다퉈 발을 뗐다. 바로 그때, 천마검이 진각을 밟았다.

몰아치는 바람과 흙먼지, 그리고 쏟아지는 돌의 파편들. 하지만 그로 인해 전진을 멈출 정도로 총타의 무사들이 녹록하진 않았다.

천마검이 앞으로 뛰었다. 그리고 수백의 정파인들도 마주 달렸다.

정파인들이 외치는 함성이 허공을 울렸다.

"우와아아아아!"

거대한 노도(怒濤)가 홀로 달려오는 천마검을 집어삼킬 듯했다. 그렇게 충돌하기 직전, 천마검의 검이 허공을 찢었다.

쩌쩌쩌어어어어엉!

그의 검에서 쏟아지는 검기가 전면을 사납게 할퀴었다. 사방에서 비명이 터졌고, 정파인들의 안색이 핼쑥해졌다.

이건 검기가 아니라 강기(罡氣)다!

"으아아아악!"

막아내는 자들도 제법 있다.

그래도 이곳은 정예가 모인 무림맹 총타니까. 그런 자들 중 가장 선두에 있던 이가 도호를 읊조리고는 칼을 뻗었다. 수십여 개의 영롱한 기운이 천마검을 덮쳤다.

"마구니여 지옥으로 돌아가 참회를……. 헉!"

퍼퍼퍼어엉!

천마검은 검기를 온몸에 맞으면서도 전진 속도를 줄이지 않았다.

'맙소사! 호신강기!'

서걱.

무당파의 절정고수, 청운자가 단칼에 목이 날아갔다. 그는 설마하니 자신의 공세를 천마검이 맨몸으로 뚫을 것이라고는 상상도 하지 못했고, 호신강기도 짐작 못했다. 그 대가는 목숨이었다.

청운자 주변에 있던 정파인들은 그를 단단히 믿고 있었기에 충격이 더욱 컸다.

파파파파파아아앗!

이건 뭔가?

검으로 펼칠 수 있는, 수비의 최고봉이라고 일컬어지는

검막이다. 그런데 수비가 아니라 공세다.

찰나의 순간, 수백여 개의 검영(劍影)이, 아니, 실제 진검이 공간을 난도질했다.

비명도 없다.

살갗뿐만 아니라 뼈까지 모두 갈라진다. 천마검의 검은 마치 두부를 썰듯이 거침없었다.

천마검 앞에 있던 열댓 명의 육신이 조각조각 갈라지며 시뻘건 피 분수를 주변에 뿜었다.

차아아아악!

뒤에 있던 정파인들이 그 피를 뒤집어썼다. 붉어진 시야 한가운데 천마검이 자리했다.

턱.

무림맹 총타 무혼당 부당주의 멱이 천마검의 손에 잡혔다. 그런 후, 곧바로 몸이 들려 앞쪽으로 패대기쳐졌다.

"끄으으으……."

뒤쪽의 동료들과 부딪치다 쓰러진 그는 고통에 치를 떨었다. 그러나 고통보다 더한 건 충격이다. 천마검이 멱살을 잡는 손의 빠르기가 상상을 훌쩍 초월했다.

변화도 없이 곧장 들어오는 그 손을 피할 수도, 막을 수도 없었다.

차아아아악!

또다시 천마검 주변에서 피 보라가 일었다.

"으아아아아!"

누군가의 비명. 그건 죽기 전에 터트리는 단말마가 아니었다. 공포스러운, 도저히 어떻게 해볼 수 없는, 지옥의 사신이 보여주는 무위에 압도당해 무서워 내지르는 절규였다.

천마검에게 쏟아지는 칼들이 그의 검과 맞붙었다.

처처처처어어억.

마치 자석에 끌리는 것처럼 여러 개의 칼들이 천마검의 검에 끌려 들어갔다. 믿기지 않는 착(捉)의 수법이다. 동시에 천마검의 검에서 거대한 빛이 일더니 폭발했다.

강기를 터트린 것이다.

째째째째애애애앵!

칼들이 폭발한다. 그 무수한 칼의 파편들이 뜨거운 햇살을 받으며 반짝거렸다.

시간이 멈춘 듯한 순간.

천마검의 전면이 눈부신 빛으로 가득한 그 찰나가 지나가고, 지옥이 찾아왔다.

파아아아아아아.

천마검의 신형에서 뿜어져 나온 기의 폭풍에 수백, 수천 개의 쇠 파편들이 사방으로 폭사했다.

"끄아아아아!"

수십여 정파인들이 비명을 지르며 나가떨어졌다. 아주 드물게 막아낸 이들도 몸의 곳곳이 베여 피로 얼룩졌다.

천마검 주변에 가득하던 정파인들이 대다수 쓰러지고, 살아남은 자는 급히 몸을 뒤로 물렸다.

그러나 그게 끝이 아니었다. 천마검이 검을 쥐지 않은 손을 뒤쪽에서 달려들던 이들에게 펼쳤다.

순간, 그의 장심에서 묵빛이 일렁이다가 장력이 뻗어 나갔다.

퍼어어어어엉!

그걸 과연 장력이라고 할 수 있을까?

무려 일곱 명이 비명을 지르며 나동그라졌다. 나름 막으며 회피했지만, 부상을 피하진 못했다.

쇄애애액.

두 개의 봉이 허공을 찢으며 짓쳐 들었다.

호광쌍봉.

그들은 방금 천마검의 신위를 목격했다. 그렇기에 한 번의 공격에 거의 모든 내공을 담았다.

두 노인의 봉이 푸르스름한 기운에 덮였다. 뿐만 아니라 주변으로 여러 개의 봉 그림자가 일어나며 천마검을 덮쳤다.

하나는 좌측에서, 다른 봉은 우측에서 쇄도했다.

천마검은 두 개의 봉이 몸에 닿기 직전, 몸을 회전시켰다.

빙그르르르.

무서운 속도로 회전한 그의 한 손에 봉이 잡혀 있었다. 그리고 머리를 노린 봉은 애꿎은 허공만 찔렀다.

그런데 허공을 찌른 노인이 바닥으로 허물어졌다. 어느 사이에 그의 목이 절반이나 갈라져 있었다.

쌍둥이 동생이 입을 쩍 벌렸다.

"어떻게? 언제?"

그는 질문을 던졌지만, 답을 듣지는 못했다. 대답 대신 돌아온 건 가슴을 뚫는 자신의 봉이었다.

전력을 다해 막으려 했지만, 천마검은 봉을 밀어 심장에 쑤셔 박았다.

"미, 미친…… 끄르르륵, 쿨럭."

엉덩방아를 찧으며 주저앉은 그는 다시 앞으로 달려가는 천마검을 보며 피를 연신 토해냈다. 그렇게 죽어가며 깨달았다.

천마조차 바라 마지않던 마신지경을 저자가 이뤄냈음을. 마신지경이 아니라면 이런 말도 안 되는 강함을 결코 설명할 수 없었다.

죽어가면서도 기가 막혀 실소가 흘렀다.

과연 누가 천마검을 막을 수 있을까.

일천의 최정예나 초절정고수 여러 명의 합격이 있어야 한다. 아니면 맞서 상대할 절대고수가 있든가.

그런데 과연 막을 수 있을까?

그 의문으로 이승에서의 마지막 생각은 끝났다.

쿠우우웅!

천마검의 신형이 공중으로 치솟았다. 그가 발을 구른 땅이 움푹 꺼졌다.

어기충소!

순간적으로 몸을 높이 솟구치는 신법이다. 특급 고수부터 펼칠 수 있는 신법이나, 이런 전투에서는 거의 사용하지 않는다.

상승락(上昇落)이라고 했다.

몸을 허공에 띄웠다가 떨어지는 순간은 많은 약점을 노출시키기 때문이다. 그걸 아는 정파인들이 가까스로 잡은 기회를 놓치지 않기 위해 몰려들었다.

"어?"

그 순간, 정파인들의 얼굴에 경악과 충격이 번져 갔다.

떨어지지 않는다. 삼 장여 높이에서 오연하게 허공을 밟고 서 있다.

누군가가 몸을 부르르 떨며 중얼거렸다.

"역부족. 우리가 상대할 수 있는 자가 아니야……."

나직한 혼잣말이었다. 그러나 그 주변의 사람들에겐 천

둥처럼 들렸다. 왜냐하면 모두가 같은 생각을 하고 있었기 때문이다.

무림맹 총타의 무사라는 도도한 자존심이 마침내 꺾이기 시작했다.

천마검은 그들을 차갑게 내려다보며 입을 열었다.

"정파여, 세상의 주인이 너희뿐이라는 그 오만과 독선을 깨트려 주마."

천마검이 허공에서 회전을 시작했다.

슈슈슈슈슈.

그의 검에서 검풍과 검기가, 그리고 강기가 소낙비처럼 쏟아졌다.

"으아아아아!"

일부는 막으려고 했지만, 대부분 사람들은 공세를 피해 사방으로 흩어졌다. 천마검에 의해 몰리면서도 힘겹게 유지되던 전열이 마침내 깨졌다.

천마검이 다시 땅으로 내려섰다.

콰아아아아앙!

다시 진각을 밟았다. 처음에 밟은 것보다 훨씬 강한 충격이 그의 앞을 쓸었다.

비명, 비명, 비명, 그리고 탄식.

드디어…… 도망자가 나오기 시작했다. 단순히 공격을 피하려 흩어지는 것이 아니라…… 무서워서, 그리고 살기 위해서 도망쳤다.

자부심 드높은 무림맹 총타의 정예들이 말이다.

다시 진각을 밟았다.

콰아아아앙!

그러나 이번에는 달랐다. 천마검이 너무나 빠르게 움직여서, 그리고 정파인들이 너무 몰려서 기회를 잡지 못하던 동정일선이 마침내 앞을 막아서며 진각을 마주 밟은 것이다.

초절정고수 동정일선이 시뻘겋게 분기탱천한 얼굴로 소리를 질렀다.

"이노오오옴! 마구니 따위가! 이 천한 놈이!"

하얀 수염이 노염으로 떨렸다. 그는 손에 쥐고 있는 낚싯대를 한 번 휘두르고 뻗었다.

쐐애애액!

호선을 그리며 날아가는 낚싯줄. 당연히 보통 줄이 아니다. 소문에는 이무기의 힘줄과 만년한철을 갈아서…….

쉭.

천마검의 목을 노린 낚싯줄이 검짓 한 번에 잘려 나갔다. 순간, 동정일선의 얼굴이 멍해졌다.

줄도 단단하지만, 자신의 내공이 가득 담겨 있었다. 내공의 심후함으로 따지면 정파무림에서 열 손가락 안에 드는 자신이었다. 튕겨낼 수 있을지라도 그 줄을 자르는 것은 불가능했다.

쇄애애액!

이형환위로 지척에 다가온 천마검이 검을 휘둘렀다.

"동정일선! 죽기 전에 기억해라. 타락한 자는 있어도 천한 사람은 없다."

파앗!

동정일선의 목을 베었다. 아니, 베기 직전, 동정일선이 허리를 젖히며 피했다.

퍼억!

"크윽!"

검을 쥐지 않은 천마검의 주먹이 그의 가슴팍을 강타했다.

동정일선은 마치 쇳덩이로 맞은 것 같은 고통에 정신이 혼미해졌다. 하지만 급히 허리를 비틀며 다리를 올려 쳤다.

좋지 않은 상황이나 피하지 않고 맞받아친 반격. 그야말로 전광석화 같았다. 동시에 손을 뻗어 장력을 뿜었다.

그러나 실수였다. 상대는 천마검.

호광쌍봉이 일격도 받아내지 못한 것을 보았으면 경각심을 가졌어야 했다. 그러나 그의 높은 자존심과 머리끝까지 치솟은 분노가 그것을 인정하지 않았다. 고작 서른 살에 불과한 마교도를 적수라 인정할 수 없었다.

천마검은 그의 장력을 자연스럽게 몸으로 맞으며 검을
휘둘렀다.

서걱.

동정일선의 다리가 천마검의 검에 의해 잘려 나갔다.

"으아아아악! 이, 이 천한 마구니가!"

소름 끼치도록 차가우면서도 뜨거운 통증이 잘린 허벅
지에서 일었다. 그러면서도 남은 다리로 깡충 뛰며 뒤로
피하려고 했다.

툭! 퍼억!

천마검이 발로 찬 돌멩이가 그의 이마에 적중했다. 그
러자 그의 이마가 터지며 뇌수가 사방으로 튀었다. 그렇
게 동정일선도 허무하게 무너졌다.

무당의 청운자, 호광쌍봉, 동정일선뿐만 아니라 적지
않은 고수들과 간부들도 천마검의 공격을 한 번도 막아내
지 못했다. 단 한 번도…….

동정일선을 따르는 십여 제자들이 충격과 노염에 젖어
동시에 몸을 날려왔다. 그들의 손에 들린 비수가 먼저 짓
쳐 들었다. 천마검은 그들을 향해 차가운 얼굴로 검을 휘
둘렀다.

슈가아아아아앗! 퍼퍼퍼어어엉!

초승달 모양의 강기 수십여 개가 허공을 날았다. 비수
를 모조리 튕겨낼 뿐만 아니라 제자 열 명이 비명을 지르

며 땅에 처박혔다.

정적.

백운회는 자신의 뒤를 노린 이들을 처리하고 다시 앞을 보았다. 그러고는 두려운 눈으로 자신을 보는 정파인들을 향해 입을 열었다.

"더 많은 피를 원하는가?"

"……."

"길을 열어라."

그가 다시 앞으로 발을 내디뎠다. 그러자 앞을 가로막고 있던, 죽더라도 풀지 않을 것 같던 인(人)의 장막이 마침내 스스로 봉인을 해제하기 시작했다.

정파인들은 주춤거리면서도 길을 내주었다.

평소 외부인들에게는 한없이 뻣뻣하던 그들의 고개가 힘없이 밑으로 떨어졌다.

정파를 제외한 무사들은 사람 취급도 안 하던 그들이다. 버러지처럼 천대하던 이들이다. 아니, 같은 정파라도 힘없는 문파는 깔보고 무시하던 이들이다.

그런 이들이 두려움에 질려 감히 천마검을 쳐다보지도 못했다.

수백의 정파인들이 좌우로 갈라지며 만들어진, 그 좁은 길에 백운회가 들어섰다.

그의 입가에 비릿한 미소가 어렸다.

이들은 굴복하면서도 자존심을 완전히 버린 건 아니었다.

지독하게 좁은 길.

누군가가 비수를 던질 수도 있고, 두어 걸음 내디디며 팔을 뻗으면 창칼을 쑤셔 넣을 수도 있는.

공포와 원한이 범벅이 되어 자연스럽게 흘러나오는 살기가 가득한, 그런 길이다.

백운회는 담담한 표정으로 그 길을 걸었다. 그리고 정파인들은 깨달았다. 이 한 사내에게 자신들이 완벽하게 패했음을.

그렇게 천마검 백운회도 광장을 지나 중앙 대로에 들어섰다.

뒤에 있던 한 정파인이 분기를 참지 못하고 입을 열었다.

"천마검!"

백운회는 계속 앞으로 걸었다. 그의 외침이 이어졌다.

"내원의 어르신들께서 이 복수를 해줄 것이다! 우리는 그걸 알기에 길을 내준 것이다!"

내원. 언덕 너머에 있는 곳이다.

정파의 명숙들과 귀한 손님들이 모여 있는 곳. 당연히 핵심 부서와 상급 무력 단체들이 몰려 있다.

백운회는 벌써 언덕 정상까지 다다라 높이 솟은 망루까

지 부수고 있는 흑랑대를 보며 싱긋 웃었다.

자, 이제 농담 한마디를 던질 시간이다. 작전의 성공 확률을 조금이라도 높이기 위해서.

그가 고개를 돌려 악을 지른 청년을 향해 말했다.

"나는 천마검 백운회야. 십여 년간 수백의 전투에서 한 번도 패배한 적이 없지."

"……."

"그런 내가 죽으러 이곳에 왔을까?"

"그럼 정말로 당신이 여기에서 살아 나갈 수 있다고 믿는……."

백운회가 그의 말을 끊었다.

"우리는 선발대야."

"……?"

"곧 본대가 온다. 기대하라고."

"……!"

정파인들의 얼굴에 경악이 어렸다.

4

백운회는 다시 앞으로 걸으며 소리 없이 웃었다.

대규모 본대가 곧 들이닥친다는 말을 저들이 믿을까?

그럴 가능성은 높지 않다.

하지만 중요한 건 믿느냐, 믿지 않느냐가 아니니 상관
없다.

나는 지금 시간 싸움을 하고 있고, 너희들은 그 귀한
시간을 조금이라도 낭비하게 될 테니까.

그것으로 충분하다. 놈들이 뒤를 쫓으며 압박하는 시기
를 조금만 늦출 수 있다면.

아니나 다를까, 경악한 얼굴로 서로를 마주 보는 정파
인 중 간부들의 입에서 초조한 목소리가 튀어나왔다.

"본대라니! 마교도들이 떼로 몰려온다는 말이 아닙니
까?"

"거짓말입니다. 말도 안 돼요! 대규모 병력 이동이 있
었다면 우리가 모를 리가 없지 않습니까?"

"맞습니다. 천마검이 우리를 우습게 여기고 기만하는
것에 불과해요."

"그래도 만약 사실이라면 큰일 아닙니까? 천마검의 말
마따나 마구니들이 죽을 생각이 아니라면, 저들만 왔겠습
니까?"

"동감이오. 천마검이 자살조로 투입될 인물은 아니라고
생각하오."

"답답들 하십니다. 본대가 있다면, 천마검이 그 정보를
우리에게 흘릴 이유가 없지 않소."

"그 말도 일리가 있지만, 천마검이 자살조라는 것은 더

말이 안 됩니다."

갑론을박(甲論乙駁).

그때, 누군가가 큰 목소리로 외쳤다.

"잠깐! 아까 빠져나간 놈들은 뭡니까?"

그제야 정파인들은 천마검을 비롯한 마교도들의 압도적인 공세로 인해 까맣게 잊고 있던 오십여 명의 전력에 대해 생각이 미쳤다.

정말 그들은 왜 도망간 거지?

지금까지 그 사실을 간과하고 있던 것이 의아할 정도였다.

한 중년인이 신음을 뱉으며 고함쳤다.

"으음, 그들은 천하교를 장악하려고 돌아간 것이 분명합니다!"

꽤나 그럴듯한 추론이었다. 만약 천마검이 언급한 대로 마교의 본대가 있다면 말이다.

"우선 천하교를 지켜야 합니다. 그곳만 지키면 아무리 대군이라도 이곳에 들어올 수 없습니다. 또한 본대가 없더라도…… 천마검은 내원의 고수들께서 처리하지 않겠습니까?"

성정 급한 이들은 벌써 움직이기 시작했다. 물론 아직 많은 이들은 긴가민가하며 결정을 보류했다. 마교의 본대가 이곳으로 공격해 온다는 말을 쉽게 믿기 어려웠던 것이다.

천마검과 마교도들의 뒤를 쫓아 압박을 해야 할까, 아니면 당장 천하교로 달려가야 할까?

정파인들의 시선이 앞뒤로 엇갈렸다.

그때, 한 노인이 입을 열었다.

"일부는 저들의 뒤를 쫓고, 나머지는 천하교로 갑시다."

모두가 동감이라는 낯빛으로 고개를 끄덕였다. 그러나 천마검이 농으로 툭 던진 한마디가 불러온 이 상황이 아직 해결된 것은 아니었다.

누가 천마검의 뒤를 따르고, 누가 천하교 쪽으로 이동할 것인가.

반 각의 반에도 미치지 못하는 시간이지만, 그렇게 그들은 우왕좌왕하면서 귀중한 시간을 낭비했다.

*   *   *

"하아아, 하아아……."

언덕 정상에 오른 초지명은 거칠어진 호흡을 갈무리하며 사방을 훑었다.

시원하게 펼쳐진 시야.

완만한 언덕을 따라 차밭이 자리하고 있었다. 그 유명

한 군산은침 차밭이다. 그리고 그 아래의 평지, 수많은 전 각들에서 사람들이 거리로 쏟아져 나오고 있었다. 곳곳에 위치한 연무장이나 정원, 그리고 마당에 있는 자들이 삼 삼오오 모여서 이곳을 바라보았다.

거리가 있어서 그들의 표정을 볼 수는 없지만, 느낄 순 있었다.

전체적으로 어수선한 분위기 속에 경악과 황당함, 그리 고 분노가 뒤섞여 있었다. 여기저기에서 비상 타종 소리 가 울리다 끊기고, 다시 울렸다. 호각 소리도 간헐적으로 들려왔다.

지척에서 따라오던 폭혈도가 망루를 환도로 베어 넘기 며 희희낙락했다.

"크허허허! 이것들, 완전 맹물이잖아! 여기가 무림맹 총타 맞아?"

섣부른 자아도취에 빠질 때가 아니다. 그러나 폭혈도의 말도 틀리진 않았다.

원래 이곳까지 도달하는 데 이각을 예상했다. 그러나 지금 자신들은 일각도 걸리지 않아 이곳에 도착했다.

지금까지는 예상을 훌쩍 뛰어넘는 성공이다.

외성의 검문소들을 모조리 무사통과한 이유가 컸고, 전 날 대규모 출정으로 인해 총타의 많은 조직에서 무사들이 차출된 것도 한몫했다.

또한 밤이 아닌 한낮에, 그것도 소수 정예만 침투해 정파인들을 방심하게 만든 것도 큰 역할을 했으리라.

하지만 그것만으로 지금까지의 성공을 설명하기엔 부족함이 있었다.

'너무 엉망…… 체계가 잡혀 있지 않다. 상황을 재빨리 판단하고 적절한 지시를 내려야 할 책임자와 현장 실무자들이 얼마 없는 것 같다.'

최정예가 몰려 있는 총타라면 당연히 일사불란한 모습을 보여줘야 한다.

그러나 자신들이 이곳까지 오면서 직접 보고 경험한 정파인들은, 한마디로 오합지졸이라고 해도 과언이 아닐 정도였다. 일부 정파인들이 나름 조직적으로 분전하고, 무시 못할 고수들도 출현했지만, 자신들의 앞을 막기엔 역부족이었다.

총타에 내부적으로 무슨 일이 벌어진 것이 분명했다. 어쨌든 지금 그것을 알아볼 이유는 없다. 운이 따름에 감사할 뿐.

몽추가 입을 열어 중간보고를 했다.

"흑랑대 경상자 셋, 중상과 사망 없음. 이상."

수라마녀가 곧바로 말을 받았다.

"천랑대 경상자 둘. 중상, 사망 없음. 이상."

모두의 얼굴에 환한 미소가 번졌다.

일각이라는 시간도 벌었거니와, 예상보다 피해가 훨씬 적었기 때문이다. 아니, 이건 단순히 피해 규모가 작은 정도가 아니었다. 기적에 가까웠다.

폭혈도가 낄낄대다가 끼어들었다.

"중상자 한 명 있잖아!"

모두의 시선이 그에게 쏠렸다. 그러자 폭혈도는 손가락으로 초지명을 가리켰고, 사람들이 소리 없이 웃었다.

최선두에서 작은 부상은 무시하고, 그야말로 무식할 정도로 돌파를 해온 흑랑대주.

비록 큰 부상은 없었으나 전신이 피투성이였다. 만약 초지명의 전투 방식을 모르는 사람이라면 중상자라 오해하기 딱 좋은 모습이었다.

어쨌든 이들이 예상보다 이리 일찍 언덕 정상까지 오른 건 초지명의 분투도 크게 한몫했음이다.

한편, 마령검은 망루 옆에 있는 사층 전각을 오르는 중이었다. 도약으로 일층의 지붕으로 그곳에서 이층, 삼층으로, 그리고 마침내 꼭대기 지붕에 올라섰다.

초지명을 비롯한 마교도들은 감개무량한 표정으로 마령검을 올려다보았다.

천랑대 사조장, 마령검.

그가 일생의 소망으로 삼은 순간이었다.

대천마신교의 깃발을 무림맹 총타에 꽂는 것.

어찌 그만의 소원이겠는가.

마교도들은 심장이 쩌릿쩌릿해지는 것을 느끼며 마령검을 보았다.

두근두근.

누구라도 한 번쯤 꿈꿔본 순간이다.

인생 최고의 순간.

그때가 바로 지금이다!

무림사에 길이길이 남을 전설적인 사건이다. 그리고 이 사건의 주인공은 바로 자신들이다.

초지명이 담담하지만 힘 있는 어조로 수하들에게 말했다.

"이 순간을 함께하는 너희들이 자랑스럽다. 너희들은 최고다."

모두가 서로의 얼굴을 마주 보았다. 상기된 얼굴에 불타는 눈동자. 서로가 미소로 고개를 끄덕이다가 다시 시선을 마령검에게 던졌다.

폭혈도가 마령검에게 외쳤다.

"빨리 꽂아! 안 그럼 내가 올라간다!"

마령검은 거칠게 박동하는 심장을 느끼며 방금 언덕 정상에 합류한 천마검을 보았다.

눈과 눈이 마주쳤다. 서로의 입가에 미소가 맺혔다.

이심전심으로 말했다.

'대종사, 제 소원을 들어주셔서 감사합니다.'

'마령검, 정파의 심장에 우리의 깃발을 꽂아라!'

마령검은 이 순간이 영원했으면 좋겠다는 생각을 했다. 하지만 안타깝게도 주어진 시간은 많지 않았다.

이번 작전의 목표는 함락이 아닌 농락!

빠른 시간 내에 돌파하고 빠져나가야 한다. 정파인들의 대응이 생각보다 너무 엉성해 시간을 벌었지만, 방심했다가 섬 안에 갇히면 끝장이다.

모욕을 당한 내원의 정파인들이 죽기 살기로 달려들 것이고, 지금까지보다 몇 배는 더 치열한 싸움이 될 것이 분명했다.

당장 죽어도 여한이 없을 테지만, 아직 자신들의 복수는 끝나지 않았다. 마교주를 응징해야 한다.

더 나아가 천마검 대종사를 패왕의 별로 만드는 데 일조하리라.

마령검은 들고 있는 깃발을 흘낏 쳐다보았다. 깃대를 쥔 손이 살짝 떨렸다. 그는 그 깃대를 힘껏 지붕에 내리꽂았다.

파직.

깃대가 기와를 깨고 들어가 박혔다. 붉은 깃발이 바람에 펄럭였다.

"대(大)천마신교의 용맹무쌍한 전사들이 무림맹 총타에

서 잘 놀다 간다아아아! 으하하하하!"

심후한 공력이 담긴 그의 외침이 군산도의 사방으로 쩌렁쩌렁 퍼져 나갔다.

밑에서 바라보던 천랑대와 흑랑대가 쌍수를 번쩍 들고 포효했다.

"으아아아아아아!"

"우와아아아아아!"

반면, 그 광경을 지켜본 정파인들이 통곡과 같은 분노성을 내질렀다.

"저 마구니들을 죽여라아아!"

"사지를 찢어 죽이리라!"

내원의 대다수 정파인들이 참을 수 없는 모욕감에 살기를 피워 올렸다. 무수한 인원이 쏟아내는 살기가 곳곳으로 자욱하게 퍼져 나갔다.

초지명이 청룡극을 흔들며 외쳤다.

"다시 돌파한다! 긴장의 끈을 놓지 마라!"

"존명!"

"우리는 무적이다!"

천랑대와 흑랑대가 뜨겁게 복창했다.

"우리는 무적이다!"

"기억하라. 우리가 일 년간 북방에서 벌인 그 사투를!"

그의 언급에 마교도들의 눈에 광기가 어렸다.

어찌 잊겠는가.

매일같이 벌어진 지독한 싸움. 그리고 하나둘씩 죽어가던 동료와 선후배들. 그때 그 세상은 지옥이었다.

초지명이 힘껏 외쳤다.

"그때의 동료들이 저승에서 우리를 지켜보고 있을 것이다! 우리를 자랑스러워하며 눈물 흘리고 있을 것이다!"

"……."

"그 동료들에게 계속 보여주자! 우리가 그들의 몫까지 짊어지고 뜨겁게 나아가고 있음을!"

"와아아아아아!"

초지명이 언덕 아래를 향해 발을 내디뎠다.

"가자! 무적의 전사들이여!"

"가자아아아!"

마교도들이 그 뒤를 따라 언덕 아래로 질주했다.

이젠 탈출이다.

완만한 언덕을 내려가 호수 옆 대나무 숲으로 빠진다. 그곳과 이어지는 숲까지 관통하면 포구가 나온다.

원래 계획대로라면 일각 반 안에 돌파해야 한다. 그러지 않으면 사방에서 몰려오는 정파인들에게 포위되어 내공과 체력이 소진될 때까지 싸우다 전멸할 공산이 크기 때문에.

하지만 시간을 벌어 이각 반 정도의 시간이 남았다.

초지명은 내원의 뒤쪽과 좌측 전각군의 정파인들이 합류하기 전에 충분히 오른쪽으로 빠져나갈 수 있다고 확신했다.

그렇기에 최악의 상황 시, 차밭을 대각선으로 가로질러 가는 이안(二案)은 고려하지 않았다. 일각의 시간을 더 벌었으니, 끝까지 당당하게 돌파하리라!

쩌어엉!

아래로 질주하는 선두의 초지명과 위로 올라오는 대종 장일주가 충돌했다. 그리고 둘 다 뒤로 주르륵 밀려났다.

서로의 눈이 치켜떠졌다.

둘 다 일 합에 상대를 제거하려고 했다. 그러나 결과는 무승부.

특히나 대종 장일주의 얼굴은 참담하게 일그러졌다. 자신이 상대보다 두 배는 더 밀려났기에.

그런 대종에게 폭혈도가 날듯이 짓쳐 들었다.

슈가아아앗!

붉은 도기와 함께 그의 환도가 목을 노렸다.

째앵!

산동도왕이 대종의 앞으로 나서며 그 칼을 받아쳤다.

초지명, 폭혈도, 대종, 도왕.

이 넷은 동시에 서로를 간파했다. 단칼에 승부를 볼 수 있는 상대가 아님을. 모두가 절정의 경지를 넘어선 초인들이다.

그렇다면 어느 쪽이 유리할까?

시간에 쫓기는 자가 초조해지기 때문에 불리할까?

그건 일반론에 불과하다.

왜냐하면 이건 개인간 대결이 아니니까. 집단과 집단이 붙는 전투다.

그리고 대종과 도왕은 유달리 빠른 경공 때문에 후위의 정파인들이 아직 따라붙지 못했다.

쇄애애액! 챙챙챙!

초지명과 폭혈도가 지체 없이 달려들었다. 또한 뒤쪽을 담당하던 수라마녀와 마령검도 이번엔 앞으로 나섰다. 상황이 그렇게 되자 대종과 도왕의 칼이 대번에 어지러워졌다.

동시에 천랑대와 흑랑대는 몽추와 파륵이 이끌어 지체 없이 앞으로 달렸다. 수장들이 금방 처리하고 다시 자신들 앞에 설 것이라 믿으며.

동료와 수장을 향한 절대적인 믿음.

예전 천마검이 천류영에게 말한 바였다.

이들이 최강일 수밖에 없는 이유.

대종과 도왕의 안색이 급격하게 어두워졌다. 눈 몇 번

깜짝할 사이에 무서운 네 명의 고수가 연격을 가해왔고, 사방이 마교도였다.

째째쨍, 쨍쨍! 차아아아! 퍼퍼퍼펑!

병장기뿐만 아니라 양쪽의 고수들이 내뿜는 기운들이 서로 충돌하며 허공에 돌개바람을 일으켰다.

"이, 이런……."

"일단 피했다가……."

대종과 도왕은 제대로 말을 잇지 못했다. 옆에 있는 서로를 의지하며 수비에 급급했다. 공격은 꿈조차 꿀 수 없었다.

제법 강할 것이라고 짐작은 했지만, 이건 예상을 훌쩍 넘어섰다.

청룡극과 붉은 환도가 부딪칠 때마다 손목이 시큰했다. 보랏빛 채찍은 쉴 새 없이 파고들었다가 빠져나가기를 반복하고, 마교의 깃발을 꽂은 자는 거듭 검기를 뿌려 댔다.

등줄기를 타고 식은땀이 흐르는 것이 느껴졌다. 아차 하면 죽게 되리란 생각이 뇌리에 스쳤다. 일대일로 붙어도 이기기 어려운 상대들이었다.

특히나 자신들과 달리 실전에 특화된 고수들이었다. 변초가 현란하면서도 어찌나 날카로운지, 정신을 차릴 수 없을 정도였다.

파앗!

폭혈도의 환도가 도왕의 어깨를 베었다. 찰나의 시간 차를 두고 초지명의 청룡극도 대종의 가슴을 그었다.

기쾌무비한 보법으로 치명상은 피했다. 하지만 수세에 몰리던 그들에게 찰나 허점이 드러났고, 그것을 수라마녀와 마령검이 놓칠 리 만무했다.

파라라락! 따악!

채찍이 대종의 정수리를 강하게 때렸다. 그가 휘청하며 몸의 중심을 잃는 순간, 도왕의 옆이 무방비로 변했다.

쇄애애액!

마령검의 검이 그곳으로 파고들자, 도왕이 이를 악물고 칼을 휘둘렀다.

슈캉!

막았다. 그런데 놈의 검이 튕겨 나가지 않고 딱 붙어 밀어낸다. 밀리다 검이 들어오면 배가 관통당할 판이다.

"으윽!"

힘을 주어 밀리지 않고 재차 튕겨내려는 순간!

서걱!

마령검을 대신해 폭혈도의 환도가 그의 목을 베었다.

창졸지간에 죽은 도왕은 비명도 지르지 못했다.

대종이 놀라 탄식했다. 아무리 상대에게 포위되었다고 하더라도 고작 이십여 합 만에 자신들이 당할 줄이야. 천하를 오시하던 자신들이…….

"마구니들이 생각보다 훨씬……."

그는 뒷말을 잇지 못하고 쓰러졌다. 초지명의 청룡극이 그의 허리를 끊었기에.

무슨 말을 하려 했을까?

생각보다 훨씬 강하다고, 아니면 실전 합격에 능하다고?

이미 생을 달리한 상황에서는 다 부질없는 말이다.

초지명과 조장들이 잠깐 지체된 걸음을 만회하기 위해 뛰었다.

째애애앵! 쩡쩡쩡쩡!

천랑대와 흑랑대가 전진하며 정파인들과 칼을 겨뤘다. 함성과 비명이 잇따르는데, 비명은 모두가 정파인들의 몫이었다.

천랑대와 흑랑대는 장수들이 없는 데도 불구하고 빠르게 전진했다. 그제야 정파인들은 고작 오십여 명에 불과한 마구니들이 어떻게 그리 빠른 돌파를 했는지 깨달았다.

한 명도 고수 아닌 이가 없었다.

그야말로 최고 중에 최고만 엄선한 최정예.

특히나 이 고수들은 얼마나 많은 실전을 겪었는지 몰라도 주변의 공간을 완벽하게 자신의 것으로 만들고 있었다.

부딪쳐 오는 힘은 강력했고, 드러나는 허점은 태반이 기만이었다. 심지어 중심을 잃고 자빠지는 마구니도 함부로 노릴 수가 없었다. 그 마구니를 노리고 발을 내디딘 순간, 좌우나 뒤에서 창칼이 불쑥 치고 들어왔다.

마치 함정을 파고 노리던 것처럼.

"으아아악!"

"괴, 괴물들이다!"

"이대로는 안 된다. 전열을 재정비해야 해!"

"고수들이 더 필요해!"

어처구니없게도 수백여 정파인들이 오십여 마교도들에게 철저하게 짓밟히고 무너졌다. 선두의 정파인들이 계속 뒤로 밀리면서 뒤에 오는 이들의 전열까지 흐트러뜨렸다. 무질서는 공포로까지 나아갔다.

정파인의 비명과 탄식이 속절없이 흘러나왔다.

이 강력한 침입자들을 막기 위해서는 정파에서도 강한 고수들이 더 많이 필요했다. 또한 체계적으로 마교도들을 상대해야 했다. 하지만 그런 고수들은 산발적으로 나타났다가 초지명과 폭혈도, 수라마녀와 마령검 같은 이들에게 허망하게 목숨을 잃어갔다.

좌군사 목이내는 아직까지 백현각에 닿지 못했다. 아니, 그럴 시간도 없이 마교도들이 빨리 전진해 왔다는 것이 정확한 표현일 것이다. 정말이지, 이 마구니들은 기가 질릴 정도로 강하고 빨랐다.

어쨌든 그는 사방을 보며 악을 질러 댔다.

"대체 뭣들 하는 게야? 전열이 무너지면 안 된다! 버티라고! 밀리면 어찌하겠다는 게냐!"

그는 뒤를 보면서도 외쳤다.

"청룡단은 아직도냐? 매화조, 철갑조는? 검군, 창군, 도군은? 대체 다들 어디에 처박혀 있는 게야!"

분명 오고 있을 것이다. 하지만 늦다. 저놈들은 저렇게 빨리 돌진해 오는데.

목이내의 원망스러운 시선이 칠 장여 떨어진 전각을 보았다. 조금 전에 자신이 내려온 곳.

수하를 시켜 육존에게 도움을 청했다. 지금쯤이면 분명 연락을 받았을 텐데, 반응이 없었다. 요청이 없더라도 이런 상황이면 나서줘야 하는 것 아닌가.

목이내는 어금니를 깨물었다.

그렇다고 자신이 빨리 나와 도와달라고 닦달할 수도 없잖은가!

최악이었다.

불과 수십에 불과한 적들에게 정파무림의 심장인 무림맹 총타가 유린당하고 있었다.

하필 자신이 총책임자로 있는 상황에서!

물론 결국엔 마구니들을 소탕하고 상황이 정리되겠지만, 그 과정을 무시할 수는 없었다. 이렇게까지 형편없이 밀린 상황은 두고두고 문책과 질책을 불러오게 될 터!

세인들뿐만 아니라 비원에게도 무능력자라 찍히게 될 판이었다.

그가 발을 동동 구르며 이를 부드득 가는데, 뒤에서 한 사내가 불렀다.

"좌군사님! 여기 계셨습니까?"

목이내가 고개를 돌렸다. 안면이 있는 인물이다. 검군의 몇 조장이었더라?

"검군……."

"예, 육조장입니다."

그는 마교도들의 진군을 보며 질린 표정을 지었다가 목이내의 윽박에 정신을 차렸다.

"검군은 뭐하고 있는 게냐?"

"저뿐만 아니라 다들 좌군사님을 찾고 계십니다."

"뭐?"

"좌군사께서 부대의 훈련이나 이동 등 모든 것을……."

목이내는 충격으로 얼굴이 하얗게 질려갔다. 그는 손을 들어 검군 육조장의 말을 제지시켰다. 무슨 말인지 안다.

모든 조직에게 자신을 통하지 않고 제멋대로 판단을 하면 엄벌에 처한다고 명을 내렸다. 하달하는 명에만 충실하라고 전달했다. 실제 그 본보기로 몇몇 조직의 장을 파직시키기도 했고.

그의 신형이 한차례 비틀거렸다.

"좌군사님! 괜찮으십니까?"

"이 미친놈들이……. 그렇다고 이런 비상 상황에!"

그가 절규했다.

검군 육조장이 눈치를 살피며 말했다.

"예. 다들 비상인 건 알고 있습니다. 하지만 고작 마구니들 오십여 명이라니까……."

그는 말꼬리를 흐렸다.

고작 오십여 명에게 총타의 무력 단체들이 명령도 없이 총출동하면, 좌군사는 분명 그 무슨 꼴불견이냐고 시비를 걸 수 있는 인물이었다.

목이내는 제왕적 질서를 구축했다. 자신의 명에 반발하는 자들은 가차 없이 제거했다. 그리고 그러한 행위는 모두로 하여금 그의 입만 바라보게 만들었다.

머리 역할은 자신이 할 테니, 너희들은 함부로 먼저 생각하지 말라. 수족이 되어 지시대로만 움직여라. 그러지 않으면 징벌이 가해질 테니까.

목이내에게 벼루를 맞아 이마가 찢어졌던 십육군사.

파직된 그가 남긴 예언이 현실화된 것이다.

조직들이 눈치 보기에 급급할 것이라는.

"으아아아! 당장 가서 전해. 모두 출동하라고!"

"예! 준비는 이미 다 마쳤습니다!"

"개자식아, 빨리 가서 내 명을 전하라고!"

제2장
악(惡)은 강할 뿐만 아니라 질기다

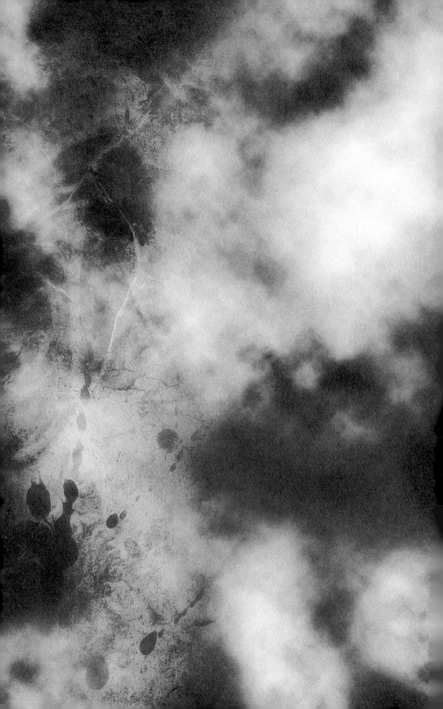

1

백운회는 가장 후위에서 걸으며 전세를 살폈다.

좋다, 지금까지는 더할 나위 없이.

예상한 것보다 훨씬 수월하게 풀려가는 상황이 어색할 정도였다.

뒤늦게 움직이기 시작한 정파인들이 언덕 아래로 집결하기 전에 호수 옆 죽원으로 방향을 틀 수 있다.

그렇다면 작전 성공까지 팔부 능선을 넘은 것이나 마찬가지다.

하늘이 돕는 것이리라.

그렇게 미소 짓던 그의 얼굴이 딱딱해지기 시작했다.

죽원 앞쪽의 구층 전각.

천랑대, 흑랑대는 곧 언덕 아래에서 저 건물을 돌게 될 것이다. 그런데 그 전각에서 흘러나오는 기운이 심상치 않았다.

마신지경에 오르기 전의 그라면 감지 못했을 기운이다.

그가 내공으로 안력을 돋우어 전각을 살피는데, 팔층의 창을 통해 한 중년인이 눈에 들어왔다.

"음……."

백운회는 그가 상당한 고수임을 본능적으로 직감했다. 백운회는 피식 웃고 입맛을 다셨다.

"하긴 명색이 무림맹 총타인데 이리 심심하게 끝날 리 없지."

하지만 웃고 있던 그의 얼굴이 차갑게 굳어졌다. 팔층 고수의 신형에서 기운이 증폭됐다. 그와 동시에 깨달았다. 생소하지 않은 기운.

"이건……."

백운회의 눈가가 잘게 떨렸다. 그의 눈동자에 기광이 스쳤다. 산동 단씨가에서 이미 접해 본 느낌의 기운이다.

"십천백지."

*　　　　*　　　　*

짜악!

황보연이 육존에게 따귀를 얻어맞고 휘청거리다가 넘어졌다. 그녀는 그가 설마하니 자신을 때릴 거라고는 전혀 예상 못했기에 아픔보다 충격이 더 컸다.

"나, 나를……."

그녀가 황망해서 말을 잇지 못하는 가운데, 육존이 으르렁거렸다.

"더러운 계집 같으니. 얼굴값을 하는 게냐?"

황보연은 입술을 질끈 깨물었다. 모욕감에 얼굴이 시뻘겋게 변했다. 그때, 풍운의 전음이 귀로 파고들었다.

[따귀 맞은 건 아프시겠지만, 저 인간과 혼례는 치르지 않아도 될 것 같네요.]

"……!"

[가문의 명을 어길 생각이 없으면, 다시 진실을 말하세요. 우린 아무 사이 아니라고. 그럼 내가 농담을 했다고 적당히 둘러대죠.]

"……."

[대신 연극을 계속할 생각이라면, 그냥 고개를 숙이고 계세요.]

황보연은 굳은 얼굴로 육존을 보다가 천천히 고개를 숙였다.

육존은 황보연을 노려보면서 쏘아붙였지만, 실상은 풍

운을 도발하는 것이었다. 놈이 울컥해 덤벼들기를 기다렸다.

성질 같아서는 풍운이나 황보연을 둘 다 죽여 버리고 싶었다.

특히 풍운을.

하지만 이 애송이는 현 무림에서 가장 높은 인기를 구가하는 인물 중 하나였다. 그런 자를 총타 내에서, 그것도 한낮에 무작정 죽여 버리면 뒷말이 무성할 것이 자명했다.

물론 그런 반응이 겁나는 건 아니다. 귀찮을 뿐이지.

그러나 놈이 먼저 나선다면 얘기는 달라진다. 놈이 달려들면 한두 번 맞아주는 척하며 창밖으로 튕겨져 나간다. 그리고 쫓아오는 놈을 사람들이 보는 앞에서 쳐 죽인다.

계획은 섰다. 이제 문제는 이 애송이가 방장한 젊은 혈기를 폭발하게 만드는 것이다.

육존은 고개를 돌려 풍운을 보았다. 한 발자국도 움직이지 않고 가만히 서 있는 놈을 보니 부아가 더 치밀었다.

"너는 수화를 도울 생각이 없는 게냐? 그렇고 그랬던 사이가 아니었나?"

풍운은 어깨를 으쓱하며 대꾸했다.

"아무래도 귀하가 황보 소저와 혼례를 할 분 같아서요."

"……"

"그렇다면 이리 화내시는 것도 당연하죠."

육존은 얼굴을 잔뜩 구긴 채 풍운을 매섭게 쏘아보았다.

기껏 올무를 쳐놨는데 걸려들지 않는다. 아니, 오히려 자신의 기분을 더 잡치게 하고 있었다. 사내의 자존심을 긁어 대고 있었다. 그래서 더 죽이고 싶어졌다.

놈으로 하여금 이성을 잃게 만들 방법이 없을까?

창을 통해 들어오는 밖의 소란이 더욱 커졌다. 언덕 정상의 망루가 무너지면서 정파인들이 놀라고 분노하는 소리들이 잇따라 들려왔다.

타종과 호각 소리도 어지럽게 들렸다. 목이내가 도움을 요청하는 사람을 보내왔다. 마교의 깃발을 꽂고 우쭐하는 마구니의 외침도 있었다.

그러나 육존은 밖의 소동엔 관심이 없었다.

천마검이 직접 왔다면 동료 칠존의 복수를 위해 나서겠지만, 고작 오십여 마구니를 상대하려고 자신이 나설 수는 없는 일이었다.

품위가 떨어지는 일일뿐더러 기껏 나서는 순간 마구니들이 정리되면 그것도 우습지 않겠는가. 무림맹 총타와 목이내의 능력도 겸사겸사 살펴볼 기회이기도 했다.

아마 지금 군산도 포구 근처에서 뱃놀이를 즐기고 있는 팔존의 생각도 마찬가지일 것이다. 그녀도 이 소동을 모를 리 없다. 하지만 그녀가 직접 나설 가능성은 전무했다.

아마 자신과 비슷한 생각일 것이다.

또한 이곳에 자신이 있으니 더더욱 관심을 갖지 않을 것이고.

육존은 잠깐의 상념을 접고 풍운을 다시 노려보았다. '이 애송이를 어떻게 도발해서 죽일까?' 그것이 육존에겐 밖의 소동보다 더한 관심사였다.

문득 그의 입가에 비릿한 미소가 일렁였다.

"네가 무림서생의 호위지? 개인적으로는 그를 형님으로 모시는, 아주 가까운 사이라고?"

뜬금없는 말에 풍운의 담담하던 표정에 변화가 생겼다. 그의 이맛살이 찡그려지는 것을 본 육존이 속으로 쾌재를 부르며 말을 이었다.

"너는 잘 모르겠지만, 내 동료들이 절강성에 갔지."

"……."

"무림서생은 앞으로 나와 내 동료들의 충견이 될 거야. 발을 핥으라고 하면 핥게 될 거라고. 네가 모시는 형님이 나를 그리 모실 텐데, 의당 너는 나를……."

육존의 말허리를 풍운이 일갈로 끊었다.

"말이 과하시네요. 헛소리는 그만두시죠!"

그러나 육존은 미소로 말을 계속했다. 마침내 깨어진 풍운의 표정이 통쾌했다. 짜증스러웠던 기분이 조금 시원해졌다.

"거참, 너와 가까운 사이라니까 말해주는 거다. 아! 특히 이번 길에는 서문가주도 도중에 합류했을 텐데."

"……!"

"그자는 무림서생을 단단히 벼르고 있지. 그는 전(前) 절강 분타주인 서문창 사제를 무림서생이 죽였다고 믿고 있거든."

"……."

"너는 서문가주를 잘 모르겠지만, 나는 꽤 오랫동안 알고 지냈지. 그는…… 분명 무림서생을 죽일 거야."

*　　　*　　　*

비슷한 시각의 절강성, 항주 외곽의 평야.

이십만 명이 훌쩍 넘어서고도 계속 늘어나는 어마어마한 인원이 함성을 내질렀다.

"우와아아아!"

"우리 분타주님을 되찾자아아아!"

"분타주니이이임!"

"저놈들을 죽이자! 우리 분타주님을 괴롭히는 저놈들을 다 죽이자!"

함성이 하늘 끝까지 닿을 듯했다.

끝도 보이지 않는 군중들이 향하는 곳.

친황대 오백 기마병, 서문세가 일천 무사.

총 일천오백여 무사들이 사방을 훑어보며 숨을 들이켰다. 시시각각 자신들을 옥죄며 다가오는 사람들. 보는 것만으로도 현기증이 일었다.

그건 단순한 사람들이 아니었다. 평소에 무시하고 거들떠보지도 않던, 그 천하고 어수룩한 민초들이 아니었다.

전사(戰士).

믿기지 않지만, 지금 저들 한 명, 한 명에게선 전사에게서나 느낄 수 있는 패기가 흘러나왔다. 비루한 노인과 가냘픈 아낙네들에게서조차.

친황대주가 천류영을 향해 닦달하듯이 말했다.

"무림서생! 당신 심정은 알겠지만, 지금 감동으로 눈물흘릴 때가 아니오. 당신이 나서지 않으면 유혈 충돌을 피할 수 없소. 그건…… 당신도 바라는 것이 아니라 믿소."

천류영이 입술을 질끈 깨물고 고개를 끄덕였다. 그가 일어서려다가 휘청거리자 친황대주가 급히 부축했다.

"괜찮소? 힘들겠지만 버텨주시오. 내 당신이 원하는 것을 반드시 하나는 들어주겠다 약속하리다."

서문가주가 다시 악을 써 댔다.

"친황대주! 저놈을 인질로 빠져나가는 것이 상책이란 말입니다!"

미려도 동조했다.

"어떻게 천한 놈들에게 항복을 해? 난 절대 그렇게 못해!"

친황대주가 답답하다는 표정으로 미려를 바라보았다.

"아가씨, 정말 유혈 충돌이 일어나면 태감 어르신의 진노를 어떻게 감당하시려는 겁니까? 아무리 아가씨라도 쫓겨날 수 있습니다."

친딸이 아닌 수양딸이니 쫓겨난다는 협박이 먹힌 걸까?

미려가 흠칫하며 입술을 잘근잘근 깨물었다.

친황대주는 호시탐탐 천류영을 노리고 있는 서문가주의 낌새를 느끼며 창으로 그를 겨눴다.

"꿈도 꾸지 마시오."

그리고 십천백지의 십천, 그 수장인 십존에게 말했다.

"그대가 결정하시오. 우리 친황대와 싸울 건지, 아니면 이번만 무림서생에게 고개를 숙일 건지. 지체할 시간이 없소."

친황대 오백 기마병은 말 위에서 창으로 서문세가의 일천 무사들과 십천의 초인 열 명을 겨눈 상태였다. 여차하면 충돌도 서슴지 않겠다는 결의였다.

십존은 사방을 훑고는 묘한 한숨을 내쉬었다. 그러더니 고개를 끄덕이며 입을 열었다.

"친황대주의 말처럼 더 이상 결정을 미룰 순 없겠지."

서문가주가 이를 갈며 외쳤다.

"무림서생은 결코 놓아주면 안 되는 무서운 놈입니다. 반드시 후환이 될 겁니다."

"인정해야겠군. 보통 인물이 아니야. 이렇게 많은 사람들을 자발적으로 움직이게 만드는 인물이라……. 위험해. 그것도 아주 많이."

서문가주가 반색했고, 친황대주의 얼굴이 침중해졌다. 서문가주가 다시 말했다.

"어떻게 저희들이 버러지같이 천한 놈들에게 고개를 숙인단 말입니까? 특히나 천존께서 그런다는 것은 상상도 할 수 없는 일입니다."

십존은 차가운 눈으로 고개를 끄덕였다.

"그래, 나는 무림의 하늘이다. 내가 누구에게 고개를 조아릴까. 말도 안 되는 일이지."

천류영이 십존을 향해 차갑게 말했다.

"모두 죽어야 성이 풀리겠소? 그건……."

십존이 천류영의 말을 끊었다.

"다시 말하지. 나는 누구에게도 고개를 숙이지 않아."

그가 칼을 들었다. 그의 칼에 검기가 흐르더니, 이내 강기로 변해갔다.

검강(劍罡).

절대고수만이 펼칠 수 있는 검술의 최상승 경지.

십천의 열 초인도 검을 들었다.

십존과 열 명의 전신에서 가공할 기운이 폭사하듯이 뿜어져 나왔다.

당장에라도 질식할 것만 같은, 어마어마한 기운.

그러나 이제 삼십여 장까지 접근한 군중들은 그 누구도 겁먹은 표정이 아니었다. 마치 어떤 사이비 종교에 홀린 것처럼 그들은 더욱 커다란 함성을 내지르며 뛰었다.

"우리의 죽음으로 분타주님을 구하자아아!"

"다시는 하늘도 버린 땅에서 살지 않을 것이다. 나도, 내 아이도!"

"우와아아아아!"

서문가주가 초조한 기색으로 친황대주를 향해 빽! 소리 질렀다.

"살고 싶으면 어서 무림서생을 내놓으시오!"

친황대주가 고개를 절레절레 저으며 피식 웃었다. 그 짧은 실소는 이내 장탄식으로 이어졌다. 그렇게 그는 십존을 직시하다가 다시 고개를 저었다.

"정말이지…… 그대의 자존심은."

십존이 어깨를 으쓱했다. 그리고 그의 칼이 허공을 찔렀다.

쇄애액! 팍!

순간, 서문가주의 등으로 칼이 파고들어 심장을 찢었다.

"컥!"

서문가주가 고통스러운 단말마와 함께 고개를 돌려 십존을 보았다.

"왜? 왜 저를……?"

십존이 낮게 말했다.

"간단해. 네 희생으로 내가 머리를 숙이지 않아도 되는 거야."

"이, 이런……."

서문가주의 눈이 흐릿해지며 입가로 피가 주르륵 흘렀다.

"영광으로 알고 죽도록."

휘이익. 서걱.

십존의 칼이 그의 목을 베었다. 그의 수급이 허공에 떠올랐다가 맥없이 떨어져 땅을 굴렀다.

십천의 열 초인도 서문가주의 심장이 뚫리는 순간, 바로 옆에 있던 서문세가의 무사들을 공격했다.

아니, 그건 도륙이었다. 서문세가의 무사들은 친황대만 경계하다가 곁의 초절정고수에게 무참하게 살해당했다.

친황대주도 수하들을 향해 외쳤다.

"서문세가를 쓸어버려라!"

오백 기마병이 당황하는 서문세가를 향해 짓쳐 들었다.

히이이이이힝.

쇄애애액, 파파파파파아앗!

칼이, 그리고 창이 공황에 빠진 일천의 서문세가를 휩쓸기 시작했다.

째애애앵, 쨍쨍쨍쨍! 째애앵!

"으아아악!"

"왜? 왜!"

같은 편이었다. 그런데 갑자기 아군이 창칼을 자신들에게 돌렸다.

아비규환(阿鼻叫喚).

이 난데없는 상황에 함성을 지르며 달려오던 군중들도 어리둥절해했다. 진격 속도가 서서히 늦춰지더니, 마침내 발을 멈췄다. 그들은 서로 웅성대며 상황을 이해하려고 애썼다. 그러나 답이 나올 리 만무.

천류영도 충격에 젖은 얼굴로 눈을 부릅떴다가 다가오는 미려를 보았다.

그녀는 진득한 미소를 흘리며 입을 열었다. 그 음성엔 내공이 실려 있어서 힘껏 외치는 고함보다도 더 컸다.

"천 분타주, 우리가 당신에 대해 오해했군요."

천류영은 낮은 신음을 흘렸다.

십존이 전음으로 이들에게 지금 벌이는 일을 지시한 것이다. 미려는 탁월한 선택이라며 반겼을 것이다.

친황대주는 더 이상 지체할 수도, 그렇다고 십존과 겨루기도 난감한 상황에서 받아들일 수밖에 없었을 테고.

병장기 부딪치는 쇳소리와 비명이 울려 퍼지는 가운데, 미려의 목소리가 묘하게 사방으로 퍼져 나갔다.

"하마터면 간악한 서문가주에게 속아 당신을 해칠 뻔했네요. 서문가주는 사제의 복수를 하기 위해 우리를 이용한 거였어요."

천류영은 미려를 보며 입술을 깨물었다. 아직 온전하게 정신을 차리지 못한 그는 기가 막혀서 말도 나오지 않았다.

생각보다 훨씬 더 무서운 자들이다. 하늘보다 더 광오한 자존심과 권력. 그것을 지키기 위해서는 어떤 짓도 마다하지 않는 악마들이다.

고개 숙여 사과하기가 싫어서 일천의 수하를 죽이는 사고방식이라니!

그랬다.

악(惡)은 쉽게 꺾이지 않는다. 악은 냉정하고 강하며 질겼다.

"천 분타주, 당신 같이 훌륭한 사람을 타락하고 부패한 관리자로 몰아간 서문가주는 죽어도 싸요. 정말이지, 당신을 위해 이렇게 몰려온 사람들을 보니…… 감격스럽네요. 서문가주가 우리에게 했던 백 마디의 말보다 지금

이 한 장면이 당신에 대한 진실을 알게 해주었어요."

그녀는 방금 전에 친황대주가 썼던 수통이 바다에 떨어진 것을 보고는 주워들었다. 그러고는 손에 물을 부어 천류영의 뺨을 천천히 닦았다.

천류영이 그 손을 쳐내려 하자 미려가 나직하게 말했다.

"똑똑한 당신이라면 상황을 파악했겠지?"

"……."

"당신을 위해 목숨을 건 사람들을 생각해. 내 손길을 거부하면…… 저기 보이는 노인의 배가 갈라져 창자가 쏟아질 거야. 그리고 저 볼품없는 아줌마는 다시 자식들을 보지 못하겠지. 그걸 원해?"

"……."

"우리도 위험하겠지만, 저 사람들 상당수는 죽은 목숨이야. 민초를 아끼는 당신이라면 뭘 선택해야 할지 알겠지?"

미려가 다시 수통의 물을 손바닥에 부어 천류영의 뺨을 부드럽게 쓸었다.

"좋아, 역시 상황 판단이 빠르네. 하긴 그러니 천재 책사라고 소문이 자자하지. 호호호."

그야말로 순식간에 절반 넘게 무너진 서문세가의 무사들 중 일부가 저항을 포기하고 사방으로 흩어지기 시작했다. 미려가 그걸 보고 외쳤다.

"서문세가를 끝장냅시다! 전 분타주인 서문창이 여러분을 괴롭히더니, 이젠 천류영 분타주까지 죽이려 했습니다."

갑작스러운 변화에 멈춰 있던 군중들이 미려의 선동에 주먹을 쥐었다. 동시에 함성을 질렀다.

"저놈들을 때려잡자아아아!"

"저들이야말로 도적들이다!"

성난 군중이 도망치는 이들에게 달려들었다. 쫓기는 서문세가의 무사들은 억울했지만, 지금 누군가를 잡고 하소연할 시간 따위는 없었다.

큰 악은 위기에서 작은 악을 희생양으로 삼듯이, 그렇게 서문세가는 풍비박산이 나고 있었다.

그리고 그것을 지켜보는 천류영의 눈빛이 무겁게 침잠했다. 중대한 결단을 내릴 때마다 보여주던 눈빛이었다.

그때, 그의 등에 매여 있던 검이 다시 불쑥 말을 걸어왔다.

[지금이라도 힘을 원한다면 거래를…….]

천류영은 생각을 방해하는 검을 빼서 땅에 팽개쳤다.

2

풍운은 육존을 노려보다가 갑자기 어깨를 으쓱거리며 미소를 머금었다.

"귀하께서 서문가주를 알 듯이, 저는 무림서생 형님을 잘 알아요. 우리 형님은 서문가주 따위에게 죽을 사람이 아니에요. 그 정도의 인간에게 휘둘릴 사람이 아니라고요."

육존의 입가에 가소롭다는 조소가 맺혔다.

풍운이 애송이이긴 하지만, 그래도 상당히 강하다는 것은 이미 간파하고 있었다. 그런 놈이 무공에 젬병이라는 무림서생에게 이리 맹목적인 믿음을 보이다니.

한심한 일이다.

강호의 무인으로서 수치스러운 일이다.

어쨌든 풍운의 약점이 무림서생임은 확실해졌다.

육존이 다시 자극적인 말로 풍운을 도발하려는 순간, 창가 쪽 벽에서 한 인영이 모습을 드러냈다.

마치 원래 그곳에 있던 것처럼, 괴이한 흑무와 함께 나타난 흑의사내는 부복한 채 입을 열었다.

"아무래도 천마검인 듯싶습니다."

감정이라고는 전혀 느껴지지 않는 목소리.

육존은 부르지도 않았는데 모습을 드러낸, 육천의 일지에게 호통을 치려다가 눈을 치켜떴다. 그가 곧바로 창에 붙어 고개를 내밀었다.

소수의 마교도들이 어느새 언덕의 아래, 지척까지 밀고 내려와 있는 상황이었다. 얼핏 본 마교도들의 도검을 쓰는 방법과 몸놀림이 모두 예사롭지 않았다.

그러나 육존의 눈은 이내 한 사람에게 박혔다.

본능적으로 그렇게 됐다. 그의 눈이 살기로 번들번들해졌다.

굳이 공력을 끌어 올려 안력을 높이지 않아도 느낄 수 있었다. 그랬다. 그냥 느낌으로 알 수 있었다.

저 무리 중 후위에 홀로 떨어져 있는 녀석이 천마검이다. 생각보다 대단한 고수라는 것을 단박에 알 수 있었다.

놈도 절대고수다!

하긴 그러니 칠존을 죽였겠지.

그러나 이번에 죽는 건 너다, 천마검.

칠존은 네놈이 강하다는 것을 몰랐다가 방심해 죽었겠지. 그러나 나는 안다. 네놈도 절대고수의 경지에 올랐음을.

그렇다면 승리는 나의 것이다.

나는 방심하지 않을 것이고, 십천백지의 무공은 최고니까. 우리는 하늘이니까!

"크크크크, 여기에서 기다린 보람이 있을 줄이야. 천마검, 네놈이 죽을 자리로 찾아왔구나."

뭉클뭉클.

그의 신형에서 가공할 기운이 살기와 함께 뒤섞여 흘러

나오기 시작했다.

혼잣말을 읊조린 육존이 풍운을 흘낏 보고 말했다.

"너는 참 운이 좋구나."

풍운은 담담한 표정으로 침묵했다. 그러나 그의 속내는 육존만큼이나 흥분됐다.

정말로 천마검이 무림맹 총타에 나타났다. 천류영 형님의 예상대로!

복도의 이곳저곳에서 뭉클뭉클 흑무가 피어나며 짙은 살기가 생겨났다. 그에 황보연이 놀라 입을 쩍 벌렸다.

천장과 바닥, 그리고 좌우 벽에서 사람들이 마치 연기처럼 흔들리며 모습을 드러냈다.

방금 전, 한 사람만으로도 충격이었는데, 이번엔 아홉 명이나 등장했다.

이 협소한 공간에 이렇게 많은 이들이 몸을 숨기고 있었다니!

'무시무시한 고수들이야.'

황보연은 자신의 아버지가 중년인에게 쩔쩔 맨 이유를 새삼 절실하게 깨달았다. 이들은 황보세가의 운명을 쥐락펴락할 수 있는 실력자들이었다.

대체 이들의 정체가 뭘까? 사문이 어딜까?

육존은 창턱에 뛰어올라 발을 걸치고 밖으로 나가려다 미간을 찌푸렸다.

풍운 때문이었다.

방금 일지가 등장할 때도 표정 변화가 없었는데, 지금도 그랬다. 마치 십지가 은신하고 있는 것을 이미 알고 있었다는 것처럼.

"풍운, 네놈은⋯⋯."

풍운은 자신을 부르는 육존을 마주 보았다. 육존은 역시 놈의 눈빛이 마음에 안 든다는 생각으로 혀를 차고 말을 이었다.

"곧 다시 보게 될 거다. 그땐 지금처럼 운이 좋지는 않을 게야."

풍운이 묘한 미소를 머금었다.

"제 생각에도 금방 보게 될 것 같네요. 아주 금방."

육존은 고개를 절레절레 흔들었다.

정말이지, 끝까지 신경 거슬리는 놈이었다. 청년 특유의 치기로 치부하면 그만이겠으나 이놈은 이상하게 계속 신경에 거슬렸다.

"끝까지 인내심을 자극하는 놈이군. 크크큭."

그리고 그가 팔층에서 뛰어내렸다. 동시에 열 명의 초인도.

그런 그들에게 풍운의 다음 말이 귀를 파고들었다.

"나도 참느라 아주 힘들었다고."

하강하는 육존의 눈살이 찌푸려지며 이미 결심하던 것

을 다시 한 번 확인했다.

풍운, 저놈은 반드시 죽여 버리겠다고.

풍운도 창가로 바투 붙었다. 그의 눈도 육존처럼 바로 천마검을 찾았다.

자신이 존경하고 좋아하는 천류영이 동경하는 인물, 천마검. 드디어 그를 보게 된다!

"아……."

풍운은 천마검을 보는 순간, 자신도 모르게 고개를 끄덕이며 탄성을 흘렸다.

천마검은 엄청난 기운을 끌어 올리고 있는 것도 아니고, 대단한 무공 절학으로 싸우고 있지도 않았다.

그저 수하들 뒤에서 걷고 있을 뿐이었다.

어떻게 보면 수하들이 치열하게 싸우고 있는데, 홀로 떨어져 무책임한 방관자로 보이기도 했다.

하지만 풍운은 느낄 수가 있었다.

정파의 심장인 총타의 한복판에서 저자는 여유로웠다. 일체의 긴장이나 두려움이 느껴지지 않았다. 그는 그렇게 앞에서 싸우는 수하들의 든든한 버팀목이었다.

그리고 전체를 훑고 있었다. 마치 천류영처럼.

천마검은 수하를 믿고 있으며, 필요한 순간이면 언제라도 가장 앞으로 달려 나갈 준비가 되어 있었다.

그래, 지금처럼!

천마검이 갑자기 땅을 치더니 허공을 밟았다.

천상제다! 천상제!

풍운의 호흡이 빨라졌다.

이 경신법을 펼칠 수 있다니!

단순한 흉내 내기가 아니라 진짜다.

이건 다시 말해 천마검이 주변 공간, 그리고 사위의 기운을 스스로의 의지로 통제할 수 있다는 얘기였다.

천마검은 땅에 착지한 후, 앞으로 움직이는 육존과 열호위를 마주 보았다.

꿀꺽.

풍운은 침을 삼켰다. 목젖이 꿀렁거렸다.

천마검의 몸에서 확 퍼져 나오는, 섬뜩하면서도 놀라운 기운이 이곳까지 와 닿았다. 팔등의 솜털이 아우성을 질러 대며 꼿꼿하게 일어설 정도다.

그에 맞서 십천백지의 고수들에게서도 기운이 폭발하듯 뻗어 나왔다.

풍운은 심장이 거칠게 뛰는 것을 느꼈다.

손이 어느새 검을 쥐고 있었다. 당장 자신도 저 속으로 뛰어들어 칼을 겨뤄보고 싶었다. 그는 별로 인정하고 싶지 않으나 몸속을 흐르는 피는 천궁의 역대 궁주들처럼 승부사의 것이었다.

하지만 천류영이 자신을 이곳으로 보낸 이유를 잊지 않

고 있었다.

천마검의 진신 실력을 알아낼 것.

십천백지가 있다면 그들도.

좌군사 목이내가 반색해 고함지르는 소리가 힘차게 울렸다.

"귀인들께서 나서셨다. 길을 터라!"

풍운이 살짝 도약해 발을 창턱에 올렸다.

그와 창밖을 번갈아 보던 황보연이 조심스러운 표정으로 입을 열었다.

"소협도 나가시려고요?"

풍운은 대답 없이 창을 빠져나가 반 장(半丈)의 폭을 가진 전각 지붕에 섰다.

휘이이잉.

바람이 그의 말총머리를 흔들었다. 황보연은 풍운의 등을 올려보며 물었다.

"왜 저를 도와준 거죠?"

풍운이 뒤도 돌아보지 않고 대꾸했다.

"소저를 도운 게 아니라, 소저의 예비 신랑이 꼴 보기 싫었을 뿐이에요."

중년 사내를 예비 신랑이라 지칭하는 말에 황보연의 눈살이 찌푸려졌다. 그녀도 창을 통해 밖으로 나와서 아래를 내려다보았다.

계속 시끄럽게 들리던 전투가 멈춰 있었다.

"양쪽이 전열을 재편성하는 거군요."

"……."

황보연은 풍운의 옆얼굴을 보았다. 그러고는 깨달았다, 지금 그에게 자신은 안중에도 없다는 것을.

풍운 소협은 정말로 자신에게 별 관심이 없는 것이다. 자신을 봤던 세상의 모든 사내들은 그러지 않았는데, 어떻게든 환심을 사려고 했는데…….

"하나만 묻고 싶어요."

"……."

"저 중년인과 호위들은 대체 누구죠?"

"……."

"제 직감이 틀리지 않는다면 풍운 소협은 저들이 누군지 알고 있어요. 말씀해 주세요. 저한테는 인생이 걸린 문제예요."

인생까지 들먹여서일까? 풍운의 입술이 열렸다. 물론 그의 눈은 아래로 고정된 채.

"십천백지."

"……!"

"열 개의 하늘 중 여섯 번째 하늘. 육천."

황보연이 충격으로 몸까지 떨었다.

"저, 저 사람들이 그 전설의……."

"그래요. 절대고수 육존과 그를 호위하는 열 개의 땅이죠."

황보연은 아무 말도 못하고 입만 벌렸다. 풍운이 그녀를 곁눈질로 흘낏 봤다가 다시 아래를 내려다보며 물었다.

"아쉽나요?"

"예?"

"전설의 십천백지, 그곳의 엄청난 고수를 당신은 걷어찬 거라고요. 소저도 무림인이니 아쉽겠죠?"

황보연은 도톰하고 붉은 입술을 깨물며 육존의 등을 보았다. 그의 뱀눈이 뒤통수에도 달려 있는 듯한 착각이 들었다. 소름이 절로 일었다. 그녀가 세차게 고개를 저었다.

"절대! 결코!"

"……."

"나는 마구니들보다 저 사내가 훨씬 끔찍하게 싫어요."

풍운은 피식 웃고 말했다.

"저는 마구니 중 좋아하는 사람들이 좀 있어요. 작년 사천에서 봤던 저 사람, 초지명 흑랑대주. 정말 괜찮은 아저씨죠. 멋있어요. 흐음, 죽엽청 한잔 같이하고 싶었는데……."

"예에? 소협은 정파 아니세요?"

"소속도 중요하지만, 사람이 더 먼저예요."

어려서부터 정파에서 태어나 자란 황보연에게는 받아들

이기 힘들 얘기였다. 하지만 왠지 모르게 호감이 가는 풍운이라 잠자코 있었다.

풍운이 말을 이었다.

"……라고 제가 정말 좋아하는 형님이 말하셨죠."

"예……."

그녀는 그럴 수도 있겠다는 생각을 하며 고개를 끄덕였다. 생각해 보면 지금 자신이 끔찍하게 싫어하는 육존이나 좌군사도 정파다. 그래서 천마검이라는 저 사람이 육존을 죽였으면 좋겠다는 생각을 자신도 모르게 하고 있던 것이다.

"소협이 좋아하는 형님이 얘기한, 사람이 먼저라는 말……. 가슴에 와 닿네요."

"어쨌든 다행이에요."

"예?"

"육존이 싫다니까. 그는 오늘 죽거든요."

"……!"

"천마검에게든, 아니면 다른 누구에게든."

황보연은 단호하게 말하는 풍운을 보며 침을 삼켰다.

십천백지의 절대고수가 죽는다고? 그는 스스로도 강할 뿐만 아니라 열 명의 초절정고수가 호위하고 있는데?

황보세가에도 초절정 경지에 오른 고수는 고작 한 명에 불과했다.

그런데 저 십천백지가 죽는다고?

황보연은 숱한 질문들이 떠올랐다.

천마검이 그렇게 강하다고 생각하는 건가요, 아니면 십천백지의 수준이 전설처럼 강한 게 아닌가요? 십천백지를 알고 있는 소협의 정체는 뭔가요?

많은 질문 중에서 한 가지가 자꾸 걸렸다.

천마검이 아니라 다른 누구에게 죽을 수 있다는 말.

이상하게도, 말도 안 되는 건데도, 그 다른 누군가가 왜 풍운 소협, 당신처럼 느껴지는 걸까요?

그때, 풍운의 미간이 좁혀지더니 말했다.

"내려가요. 당장."

"예?"

"어쩌면 이곳…… 곧 붕괴될 테니까, 어서 내려가요!"

황보연의 눈이 화등잔만 해졌다. 그러나 이내 피식 웃고 말했다.

"그 무슨 황당한 농담을……."

풍운이 말을 끊었다.

"최대한 여기서 멀리 가요."

황보연은 풍운의 표정과 말투에 농담이 아님을 직감했다. 또한 천마검과 십천백지가 대치한 공간 여기저기에서 몇 개의 돌개바람이 생겨났다가 사라지는 모습이 보였다.

그녀로서는 상상도 할 수 없는 기의 충돌이 있다는 뜻

이었다.

그녀는 고개를 끄덕이며 다시 창으로 가려다가 자리에 못이라도 박힌 양 서 있는 풍운을 보았다.

"소협은 안 가세요?"

"저는 괜찮아요."

"예?"

"빨리 가요."

풍운이 귀찮다는 듯, 그녀를 보지도 않고 손을 흔들었다. 동네 똥개 쫓듯이.

황보연의 얼굴과 자존심이 또 한 번 뭉개졌다. 그런데도 신기한 건 그런 풍운이 싫지 않다는 것이었다.

*   *   *

천랑대와 흑랑대를 막던 정파인들이 목이내의 명에 따라 비켜서며 길을 텄다. 그렇게 드러난 길로 육존과 열 명의 초인이 위풍당당하게 걸었다.

백운회는 천상제로 부대를 뛰어넘어 앞에 착지해 초지명에게 말했다.

"십천백지요."

초지명은 정파인들이 보여주는 느닷없는 상황에 의아해하다가 정색했다.

"그렇군요. 어쩐지."

폭혈도가 미간을 찌푸리며 입을 열었다.

"저놈들은 좀 귀찮은데."

마령검은 신중한 기색이었다.

"하필 십천백지가 이곳에 있다니. 승부가 길어지면 곤란해집니다."

수라마녀가 공감하는 기색으로 말을 받았다.

"저놈들…… 만만치 않아요. 각오 단단히 하세요."

그들의 대화에 천랑대와 흑랑대가 심호흡을 하며 칼을 고쳐 잡았다.

저들과 붙어봤던 천랑대 조장들의 말이니 어려운 싸움이 되리라.

무엇보다 자신들은 마령검의 말처럼 시간 싸움을 하고 있었다. 시간이 지체되고 정파의 무력 단체가 쏟아져 나오면 탈출은 현실적으로 어렵다.

흑랑대 이조장, 파륵이 어깨를 으쓱거리며 눈을 빛냈다.

"뭐, 여기에서 뼈를 묻더라도 저놈들만큼은 확실하게 손봐주죠."

몽추가 혀를 차며 파륵의 뒤통수를 갈겼다.

파악!

"살아서 이곳을 나가야지. 우린 할 일이 아직 많아."

"씨이, 아까 깃발 꽂을 땐 지금 죽어도 한이 없다고 눈물 훔치더니."

"그땐 그때고."

"변덕은."

파악!

"아, 쫌! 머리는 때리지 말라니까."

상황에 어울리지 않는 티격태격이지만, 그들로 인해 굳은 대원들의 표정이 조금 풀어졌다.

초지명은 여유롭게 마치 자신들을 압박하듯이 천천히 다가오는 십천백지를 보며 백운회에게 말했다.

"지금이라도 계획 이안(二案)을 실행할까요? 대종사는 어떻게 하고 싶으십니까?"

원래 계획 이안은 언덕 위에서부터 차밭을 대각선으로 가로지르는 것이다. 하지만 자신들은 이미 평지까지 거의 내려왔다. 그러나 옆은 아직도 차밭이었다.

즉, 십천백지와 정면충돌을 피하고 차밭으로 탈출하는 것을 말하는 것이다.

몽추와 파륵으로 하여금 선두에서 수하들을 이끌게 하고, 천마검과 초지명, 그리고 천랑대 조장들이 가장 후위에서 십천백지를 막으며 따라가고.

마령검이 눈을 빛내며 고개를 끄덕였다.

"대종사, 흑랑대주의 의견이 최선책입니다."

폭혈도가 칭얼댔다.

"싸우자. 사내새끼라면 끝까지 멋있게 돌파해야지."

"그럼 형님이 천존을 맡아요."

"……생각해 보니 네 말이 맞다. 튀자."

폭혈도의 변덕에 수라마녀가 허리를 잡고 웃었고, 대원들도 이제는 완전히 긴장을 풀고 심호흡을 했다.

그러면서 모두의 시선이 백운회에게 향했다. 평소의 그라면 벌써 지시를 내렸을 텐데.

백운회는 기운을 계속 끌어 올리며 입을 열었다.

"지금처럼 뚫고 나간다."

초지명이 고개를 끄덕이며 답했다.

"알겠습니다."

마령검만 여전히 신중한 기색이었다.

"단숨에 뚫지 못하면 대원들 피해가 커질 겁니다. 그리고……."

그가 말꼬리를 흐렸다. 거의 대부분이 결국 이곳에서 죽게 되리란 말을.

백운회가 묘한 미소로 말했다.

"나도 잠깐 계획 이안을 고려했다. 그러나 앞을 봐라. 저들만 단숨에 뚫으면 된다."

마령검은 그제야 십천백지의 뒤편을 보고 나직한 탄성과 함께 고개를 끄덕였다.

저들의 지휘관으로 보이는 인물이 정파인들을 뒤쪽으로 훌쩍 물리고 있었다. 덕분에 자신들이 가야 할 길목이 텅 비어 있었다.

"대종사의 말씀이 옳습니다. 그러나 십천백지를 단숨에 뚫는 건 어렵습니다. 아시잖습니까, 저들의 실력이 만만치 않다는 것을."

백운회의 미소가 짙어졌다. 그는 기운을 노골적으로 끌어 올리며 말했다.

"십천백지엔 치명적 약점이 있잖아."

"예? 그게 무슨……."

마령검이 의아한 표정으로 말하다가 눈을 치켜떴다. 그러고는 씩 웃었다.

"하하, 그렇군요."

마령검이 초지명과 조장들에게 전음을 전했다.

천존을 노리면 된다. 첫 일격에 그를 위험에 빠트리면 십지(十地), 열 개의 땅은 천존을 지키는 것을 최우선 목표로 둔다.

그때, 빈 공간으로 빠져나가면 다음은 일사천리다.

문제는 천존을 일격에 위험에 빠트려야 한다는 것과, 그 열 명의 호위를 효율적으로 공략하는 것이다.

굳이 추가 전음이 없어도 이심전심으로 결정됐다.

천마검이 천존을 맡는다. 그리고 초지명, 폭혈도, 수라마녀, 마령검이 호위들을 노린다.

천마검이 선두에 서고, 초지명과 조장들이 뒤에 나란히 섰다.

그렇게 서로를 향해 나아갔다. 공력을 가득 끌어 올리며.

육존이 점점 다가오는 백운회를 향해 말했다.

"크크큭, 내 동료의 복수를 해주마. 너희들에게 하늘이 있음을……."

백운회가 그 말을 끊었다.

"천마동에 들어갈 때 한 말이 있다."

"……?"

"하늘을 부수겠다고."

순간, 백운회의 신형이 사라졌다.

극성의 이형환위!

파앗!

그가 육존의 바로 앞에 나타나 칼을 휘둘렀다.

공간참(空間斬)!

공간을 찢어발기는 검격.

동시에 초지명과 천랑대 세 조장도 이형환위를 전개했다.

육존의 입가에 비릿한 미소가 피어난 것과 십지가 섬전처럼 발검한 것도 동시였다.

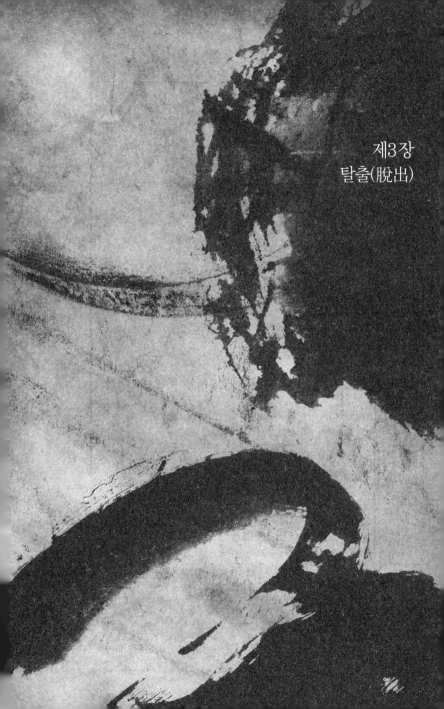

제3장
탈출(脫出)

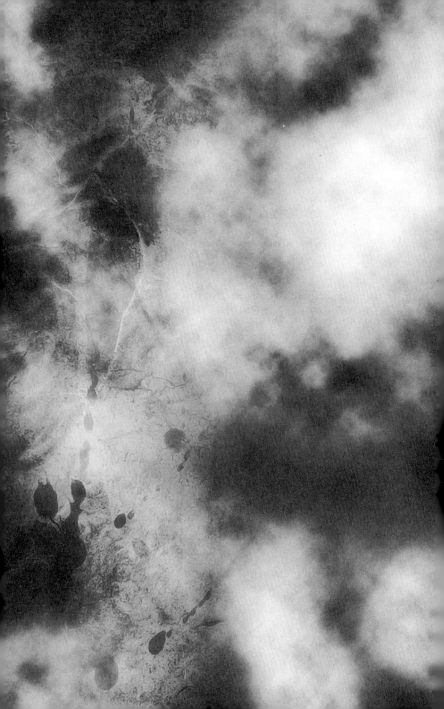

1

천마검과 육존이 충돌하기 전.

목이내에게 몇몇 노인들이 불쾌한 기색으로 다가왔다. 대종 장일주나 산동도왕에는 미치지 못하나 그들도 나름 강호에서 이름깨나 날리는 정파의 명숙이었다.

"좌군사, 저들은 누구인가? 대체 누구이기에 귀인이라 부르고 우리를 물러나게 하는가?"

자존심이 상한 표정이었다. 다른 노인들도 잇따라 불만을 터트렸다.

"대체 청룡단이나 검군 같은 곳은 뭐하고 있는 건가? 상황이 이리 급박한데 코빼기도 비추지 않고 어디에 처박혀 있단 말인가!"

"대체 맹이 어떻게 돌아가고 있는 건가? 외성의 경계부터 시작해 모든 것이 다 엉망이지 않은가."

목이내는 그들의 말을 건성으로 들으며 빠르게 머리를 굴렸다. 원래 십천백지의 등장은 이곳이 아니라 맹주와 마교주가 겨루는 전장에서 이뤄지기로 되어 있었다.

전투에 극적으로 등장해 승리를 이끄는 십천백지.

패왕의 별로 가기 위한 연출이었다.

그리고…… 구존이 그 전장에 당도하기까지 며칠밖에 남지 않았다. 하지만 오늘 이곳에서 십천백지의 등장을 세상에 알린다고 해도 큰 차이가 없을 것이다.

십천백지가 마교주와의 전쟁을 승리로 이끄는 동시에 불시에 기습을 당한 무림맹 총타도 돕는다. 꽤 괜찮은 그림이지 않은가!

무엇보다 가장 중요한 점은…… 당장 자신에게 십천백지란 배경이 필요했다. 이대로 있다가는 정파의 명숙들과 대방파에게 문책을 받아 경질될 상황이었다.

책임을 피하는 가장 좋은 방법은 어느 누구도 감히 자신을 추궁할 생각조차 못하게 만드는 것이다.

결심을 굳힌 목이내가 입을 열었다.

"저 열한 명은 십천백지입니다."

그의 말이 떨어지기 무섭게 명숙들과 주변 정파인들의

얼굴이 굳었다. 눈만 동그랗게 뜬 채 설마라는 표정이었
다.

전설의 십천백지가 여전히 존재한다는 것도 놀라웠지만
그들이 지금 이곳에 등장했다고?

하지만 좌군사가 미치지 않고서야 이런 상황에서 거짓
말을 할 리 없었다.

목이내의 말이 빠르게 이어졌다.

"십천백지 중 육천. 육존과 십지입니다. 다들 소문을
들어 아시겠지만, 육존께서는 절대고수이시며, 그 호위는
초인들입니다."

"……."

"천마검이 마교의 최고수들을 이끌고 기습한다는 정보
가 있었습니다. 그래서 제가 십천백지의 어르신들께 만약
의 상황을 대비해……."

한 노인이 고개를 절레절레 젓다가 목이내의 말을 끊었
다.

"자네가…… 십천백지와 친분이 있다고?"

목이내의 얼굴이 모처럼 환하게 펴졌다. 그는 가슴을
내밀며 고개를 끄덕였다.

"아주 가까운 사이지요. 그렇지 않다면 저분들께서 왜
이곳에 계시겠습니까?"

"으음……."

명숙들이 침음성을 흘리며 입을 다물었다. 느닷없이 등장한 십천백지는 총타에 마교도들이 침입한 것과 마찬가지로 커다란 충격을 준 것이다.

그리고 이 얘기는 순식간에 퍼져 나갔다.

정파인들의 표정이 엇갈렸다.

충격과 불신, 그리고 희망과 환희.

어려서부터 이야기로만 듣던 십천백지는 정파의 희망이자 동경의 대상이었다.

누군가는 감격에 겨워서 환호성을 지르기도 했다.

그러면서 정파인들의 전열은 뒤로 빠르게 물러났다.

십천백지가 엄청난 신위를 보여줄 것이라 기대하면서.

천마검이 천상제란 놀라운 신법을 보여도 이제 정파인들은 두려워하지 않았다.

더 이상의 피해는 없을 테니까.

정파의 전설인 십천백지가 자신들을 돕기 위해 등장했으니까!

십천백지를 응원하는, 간간이 일던 낮은 웅성거림이 전염이 되어 퍼져 나갔다. 그리고 이내 거대한 함성이 되었다.

"정파의 힘을 보여주십시오!"

"마구니들에게 본때를 보여주십시오."

"우리를 돕기 위해 십천백지가 등장했다."

"우와아아아아아!"

육존.
천마검을 바라보는 그의 눈은 탐욕으로 이글거렸다.
칠존의 복수만큼 중요한 것이 있기 때문이다.
천마검이 지금 쥐고 있는 검, 칠존의 것이었던 무쌍검(無雙劍).
이류 무사라도 집중한다면 아름드리나무를 단칼에 벨 수 있고, 삼십 년 이상의 공력을 가진 고수는 바위조차 쪼갤 수 있는 명검이다.
사람들은 흔히 말한다.
절정 이상의 고수들에게 병장기는 그저 도구일 뿐이라고. 가장 좋은 건 손때 묻은 익숙한 칼이라고.
옳은 말이다.
그러나 그 날붙이가 희대의 명검이라면 얘기는 달라진다.
실력 차이가 거의 나지 않는 고수 간 대결에서는 그들이 가지고 있는 칼에 의해 승부가 갈리는 경우도 허다하다.
만약 실력은 뒤지지 않는데, 칼의 품질이 상대보다 떨어진다면? 그래서 제 칼이 부러진다면? 그 결과는 죽음인 것이다.

무쌍검.

억만금을 주고도 살 수 없다는 천하오대명검 중 하나.

육존은 천마검의 수급과 무쌍검을 가질 기회가 생긴 것에 흥분했다.

이거야말로 꿩 먹고 알 먹는 경우가 아닌가!

쐐애애액!

이형환위를 전개한 백운회가 무쌍검을 섬전처럼 내리뻗었다. 이미 기다리고 있던 육존 역시 자신의 머리 위로 떨어지는 무쌍검을 향해 검을 쳐올렸다. 전혀 뒤지지 않는 속도로!

정파인들의 함성이 최고조로 치솟았다.

"와아아아아아!"

까앙!

목이내를 포함해 정파인들의 눈이 화등잔만 해졌다.

천마검과 십천백지의 육존.

이미 그 두 명이 몸 밖으로 방출한 어마어마한 기운으로 인해서 최초의 충돌이 얼마나 대단할지 심장이 거칠게 박동 치던 중이었다.

누가 보아도 기선 제압이 중요한 순간.

거대한 폭음과 함께 치열한 승부가 펼쳐질 것이고, 그 결과는 절대고수인 육존의 승리일 것이라 믿어 의심치 않았다.

그런데 그 첫 번째 충돌의 결과가 모두의 예상을 벗어 났다. 허탈할 정도로.

전각에서 내려다보던 풍운도 감탄 어린 표정으로 '아!' 하는 탄식 같은 탄성을 뱉었다.

천마검의 무쌍검이 육존의 칼에 부딪치자마자 하늘을 향해 팽개쳐지듯 빙그르르 회전하며 높게 솟구쳤다. 천공 을 향해 까마득히 올라가 버린 것이다.

모두가 직감했다.

어처구니없게도 천마검은 충돌의 순간, 검을 놓아버린 것이다.

상상을 뛰어넘는 반전.

누군가는 이 장면을 보며 기가 막혀했고, 누군가는 욕 설을 뱉었으며, 어떤 이는 충격에 빠졌다.

육존의 얼굴이 흉측하게 일그러졌다.

"미친!"

승부 중 기습적으로 검을 던진 것도 아니고, 첫 충돌에 서 무인이 검을 놓아버리다니! 그것도 천하오대명검인 무 쌍검을!

어쨌든 그건 지나간 일이다. 육존이 전력으로 휘두른 검은 힘없는 무쌍검을 쳐내고도 움직일 수밖에 없었다.

검을 쥔 팔이 자연스럽게 만세를 부르듯 올라갔고, 옆 구리가 무방비로 노출됐다.

물론 찰나의 순간이다. 육존은 몸을 비트는 동시에 팔을 곧바로 내려 허점을 지우려고 했다. 그러나 천마검이 검을 버린 이유는 이 찰나를 잡기 위함이었다.

퍼억!

"크으윽!"

백운회의 주먹이 육존의 옆구리를 강타했다.

육존의 신형이 옆으로 주르륵 밀려났다. 호신강기로 전신을 두르고 있고, 전사경으로 몸을 비틀어 갈비뼈가 부러지는 최악은 면했다.

그러나 놈의 주먹은 쇠망치처럼 묵직했다. 자신도 모르게 입을 쩍 벌리며 고통의 단말마를 토해내고 말았다. 창자가 끊어지는 느낌이 이러할까?

파아앗.

백운회는 밀려나는 육존을 곧바로 따라붙었다. 그의 주먹이 다시 허공을 가로질렀다.

아직 몸의 중심을 잡지 못한 육존은 급히 팔뚝으로 주먹을 막았다.

호신강기가 흐르는 팔.

그러나 이번에도 꽂히는 주먹은 묵직했다.

콰직.

"큭!"

숨이 턱하니 막힌다. 정신이 끊어질 것 같다. 그냥 무시하며 바로 반격하고 싶은 마음이 굴뚝같다. 그런데 몸이 따르질 않았다.

자칫 저 주먹에 얼굴을, 그리고 심장 위 가슴을 얻어맞을까 두려웠다. 그만큼 놈의 주먹은 소름 끼치게 아팠다. 호신강기가 제대로 구사되고 있는 건지 의심이 들 지경이었다.

쾅직, 쾅직, 쾅직!

팔뚝으로 막으면 그 팔을 부숴 버리겠다는 듯이 천마검의 주먹이 잇달아 꽂혔다.

'대, 대체 이놈은 뭐냐?'

아무리 시작을 꼼수로 당했다고는 하지만, 이렇게 빠르고 강한 공격이라니!

더 이상 밀리다가는 정말 큰일 나겠다 싶어 있는 힘껏 검을 뻗었다.

쇄애액.

육존의 검이 섬전처럼 천마검의 얼굴에 쏘아졌다. 천마검이 그 검을 얼굴 바로 앞에서 손등으로 튕겨냈다.

티잉!

"……!"

쾅직, 퍽퍽, 퍽퍽퍽!

백운회의 주먹이 계속 육존의 팔을 두들겼다. 뒤로 계속 밀리며 상체를 보호하던 육존이 결국 고통을 이기지 못하고 비명을 내질렀다.

"끄아아악!"

마침내 그의 팔이 열리며 상체를 드러냈다. 그리고 그 속으로 지체 없이 백운회의 주먹이 폭사했다.

콰직!

"킥!"

심장 부위 가슴을 얻어맞은 육존의 입이 쩍 벌어졌다. 심장이 찢어지는 듯하다. 숨이 쉬어지질 않는다.

이놈은 사람이 아니다. 괴물이다. 야차다!

어떻게 제대로 된, 단 한 번의 반격 기회조차 주지 않는가! 작은 틈, 찰나의 기회만 있으면 되는데, 그것이 보이지 않았다.

머리가 곤죽으로 변해 버렸지만, 그 와중에도 육존은 검을 휘둘렀다.

수평을 찢는 검.

쇄애액.

어지간한 고수라도 잔상을 보는 것조차 힘들 정도로 빠르다. 그러나 천마검은 역시 무표정으로 고개를 살짝 숙이며 가볍게 공격을 피해냈다. 그러고는 웅크렸던 상체를 펴며 주먹을 날렸다.

콰직!

"끄아아아아!"

육존의 코뼈가 부러지며 안면 가운데가 함몰됐다. 그의 코에서 피가 흘렀고, 입에서 피 분수가 뿜어졌다. 뒤로 넘어가는 그의 멱살을 천마검이 잡아챘다.

홰액.

천마검이 육존의 멱을 잡은 채로 자신의 몸 앞으로 팽개쳤다.

콰아아앙!

"천조오온!"

십지들이 악다구니를 쓰며 몸을 날렸다. 그들이 모두 천마검을 향했다. 천존을 살려야 한다. 그러지 않으면 자신들은 죽은 목숨이니까.

그건 초지명을 비롯해 폭혈도, 수라마녀, 마령검이 기다리던 순간이었다.

부우우우웅.

초지명의 청룡극이 허공을 갈랐다. 폭혈도의 붉은 환도가 십지 중 한 명의 정수리에 박혔다. 수라마녀의 보랏빛 채찍이 발목을 잡아 허공으로 내던졌다. 마령검의 칼이 심장을 뚫었다.

몽추와 파륵이 이끄는 천랑대, 흑랑대가 빠른 속도로 질주하며 전각을 돌았다.

방금 전까지 함성을 질러 대던 정파인들은 얼어붙어 숨도 쉬지 못했다.

쇄애애액, 파파파파파아잇!

십지 중 여섯이 천마검을 향해 칼을 뻗었다.

그들에게서 폭사되는 검풍과 검기, 그리고 검사가 천마검을 덮쳤다.

퍼퍼퍼어어어엉!

천마검이 그 기의 폭풍을 고스란히 맞으며 앞으로 발을 내디뎠다.

그 광경에 정파인들은 몸을 부르르 떨었다. 사람의 몸이 어찌 저렇게 단단할 수 있단 말인가. 전설의 금강불괴라도 이루었단 말인가?

가장 빠르게 다가온 육천 일지와 삼지의 검이 천마검의 가슴을 파고들었다.

스르르르.

천마검의 손이 그 칼을 향해 마중 나갔다.

거수혈영(巨手血影).

핏빛 손 그림자가 거대해지며 칼을 움켜쥐었다.

퍼어어엉!

폭음.

거수혈영이 사라지고 맨손이 남았다. 그 양손에 잡힌 두 칼이 쨍, 소리를 내며 부러졌다.

부러지는 검날이 허공에 뜬 순간, 천마검의 손가락 사이에 잡혔다.

파파앗.

비수가 되어 날아간 검날이 일지와 삼지의 목울대에 박혔다. 둘은 비명도 지르지 못하고 부르르 떨다가 무너져 내렸다.

주위에 정적이 내려앉았다.

저 사람이 천마검 백운회라고?

저 사람이 천마검 백운회구나!

자신들이 선술집에서, 객잔에서 술을 마시며 그에 대해 떠들던 말들이 떠올랐다.

"마교의 살아 있는 전설? 풋, 마구니들은 전설이 다 얼어 죽었나 보군. 새파랗게 어린놈에게 무슨 전설이란 호칭을 붙인단 말인가."

"그게 다 선전, 선동이지. 마교는 애송이도 이렇게 대단하다는 것을 보여주고 싶은 거라고. 하하하, 문제는 그런 허풍에 속아 넘어갈 사람이 어디 있느냐 말이야."

"하하하! 알지, 알아. 애초에 열다섯에 천마동이란 곳에 들어갔다는 것부터가 말이 안 되잖아! 오백 년간 아무도 살아 나오지 못했다는 천마동을!"

"오백 년이나 됐으니 기관진식이고 뭐고 다 엉망이었겠지. 내가 확신하건대, 작금의 천마동은 그냥 커다란 동굴일 거야."

그 정도의 말은 애교에 불과했다.

천랑대의 진짜 대주도 천마검이 아니라 다른 사람일 거라고 말했다. 천마검은 얼굴이 반반해서 갖다 쓴 선전용 인물일 거라며 낄낄거렸다.

그러나 지금, 정파인들은 천마검을 보며 오금이 저렸다.

소문은 과장되지 않았다. 아니, 오히려 축소되었다.

백운회는 십지 중 살아남은 넷이 육존을 빼내는 모습을 물끄러미 보며 입술을 깨물었다.

지금 죽이는 것이 좋다. 그러나 저들은 정파의 무리 뒤로 숨을 것이다. 그리되면 난전이 되고, 짧은 시간에 승부를 보기 어렵다.

아쉽지만 수하들의 안전이 훨씬 우선이기에 깔끔히 포기했다.

그는 뒤돌아서려다가 정파인들을 훑고는 혀를 찼다.

"볼수록 더 한심하군."

"……."

"십천백지가 나타났다고 자신들의 터전을, 너희들의 운명을 맡기는 모습. 이곳의 주인으로서 자긍심도 없는가. 대체 너희들이 언제부터 십천백지와 어울렸다고. 아니, 너희들은 십천백지의 실체에 대해 제대로 알고나 있는 건가?"

"……."

"이게 너희 정파인들이 교만하고 타락했다는 증거다. 겉으로 강한 척하지만, 속은 겁쟁이들이지. 강자에겐 숨죽이고, 약자에게 거들먹거리는 족속들. 너희들은 세상의 주인이 될 자격이 없다."

"……."

"용기 있는 자라면 스스로 나서라. 제 운명을 생전 처음 본 십천백지 따위에게 맡기지 말고. 부끄럽지 않은가? 작년 사천에서 무공도 모르던 무림서생은 나와 당당히 마주했다. 쯧쯧, 무사라는 작자들이……."

백운회는 그 말을 끝으로 뒤돌아섰다. 그렇게 발을 내디딘 백운회가 고개를 들었다.

전각의 지붕.

그와 풍운의 눈이 마주쳤다.

"흐음, 분명 끼어들 거라 생각했는데……."

백운회는 고개를 갸웃거리며 혼잣말을 하다가 경공을 펼치려고 했다. 순간, 그의 귀에 전음이 들려왔다.

[명불허전(名不虛傳). 상상을 깨는 멋진 승부였습니다.]

"……."

[곧 따라가죠. 저와도 멋진 승부 기대하겠습니다.]

백운회의 눈매가 가늘어졌다. 그의 입꼬리가 살짝 올라
갔다.

뭔가 숨기는 것이 있는 녀석이다. 그러니 전음으로 말
하는 것이다. 정체가 뭘까?

백운회의 시선이 다시 풍운을 향했다.

[죽고 싶단 얘기군.]

[용기 있는 자라면 나서라고 말한 건 그쪽인데, 방금
했던 말, 의미 없이 던진 건 아니죠? 그래도 천마검인데.]

백운회의 미소가 짙어졌다.

재미있는 녀석이다.

[그렇게 죽고 싶다면야.]

[저는 살려 드리죠. 이번만은.]

[후후후, 패기가 마음에 든다. 나도 죽이진 않지. 대신
손 하나는 거두겠다.]

[오른손은 칼을 써야 하니까, 왼손으로 해주면 고맙겠
네요.]

[후후후, 그러지.]

백운회는 경공을 펼치며 앞으로 뻗어 나갔다. 그의 신
형이 대나무 숲으로 접어든 천랑대, 흑랑대를 금방 따라
잡았다.

2

목이내는 충격으로 인해 얼굴이 새하얗게 질렸다.

십천백지는 하늘이다.

그런 하늘이 산동 단씨가에 이어 무림맹 총타에서 또다시 무너졌다.

십천백지가 약한 것인가?

그는 고개를 절레절레 저었다.

십천백지는 약하지 않다. 천마검이 강한 것이다.

산동 단씨가에서 벌어진 일은 우연이 아니었다.

세상에!

저런 괴물이 존재하다니!

그때, 그의 뒤에서 방금 당도한 청룡단주가 입을 열었다.

"좌군사! 천마검은 이곳에서 반드시 죽여야 합니다!"

그는 천마검의 무위를 보지 못했다.

다만, 그가 마교도들의 꽁무니에 따라붙어 죽원으로 사라지는 모습과 망연자실한 정파인들의 표정을 보고 상황을 어느 정도 유추하고 있었다.

청룡단주 은수명.

오십이 세. 광무문 문주의 사제이며 무당파의 속가제자. 절정고수로, 백호단주인 낭왕처럼 무수한 실전을 겪은 인물이다.

어쨌든 청룡단주의 말, 아니, 경고에 목이내가 정신을 차렸다.

그렇다.

천마검은 반드시 여기에서 죽여야 한다.

만약 놈이 이곳을 빠져나가 넓은 세상으로 나간다면?

정파무림의 악몽이 될 놈이다.

그뿐만이 아니다.

놈들이 여기에서 살아 나간다면, 정파무림 역사상 전무후무한 치욕이라 기록될 것이리라! 그 오욕의 현장에서 최고 책임자는 자신일 테고.

청룡단주와 함께 당도한 매화조장이 바로 말을 이었다.

"검군과 도군은 포구 쪽으로 이동했습니다. 놈들의 탈출로는 그곳밖에 없을 테니까. 또한 철갑조가 포구 앞 숲에서 훈련 중입니다."

육존이 얼굴에 묻은 피를 닦아내고 끼어들었다.

"천마검은 내손으로 죽인다. 반드시."

그가 험악한 표정으로 으르렁거렸다. 목이내는 그 표정을 보다가 실소를 흘릴 뻔했다.

만약 방금의 대결 전에 이런 표정을 봤다면 어땠을까?

감히 고개도 들지 못했을 것이다. 그런데 지금은 아무렇지도 않았다. 거대하기만 하던 육존의 존재가 초라하게 느껴졌다.

육존은 죽원 쪽으로 발을 내디디며 중얼거렸다.

"젠장, 선수(先手)…… 천마검에게 결코 선수를 내주면 안 되는 거였어."

목이내는 평소의 그라면 결코 하지 않을, 아니, 못할 질문을 했다. 더구나 이미 발을 떼고 움직이는 육존에게. 그건 목이내가 지금 얼마나 혼돈에 빠졌는지 알게 해주는 대목이었다.

"선수를 뺏기지 않았더라도 어렵지 않았겠습니까?"

육존이 발을 멈췄고, 이내 고개를 돌려 핏발 선 눈으로 목이내를 쏘아보았다. 그러고는 다시 앞을 향해 걸으며 말했다.

"천마검의 수급을 가져오지. 지금의 무례는 그때 묻겠다."

목이내는 육존의 속내를 간파했다. 뱃놀이를 즐기고 있는 팔존과 협공할 심산이 분명했다.

그렇다면?

목이내는 바로 허리를 숙였다.

"죄송합니다. 경황이 없어서……. 무례했습니다."

평생 확신해 오던 믿음이 깨지다 보니 어처구니없는 실수를 했다.

무엇보다 팔존이다. 모든 천존들이 팔존과 합격한다면, 대라신선도 죽일 수 있다고 말하는 여인.

그 팔존이 지금 이곳에 있지 않은가!

육존은 대꾸 없이 호위 넷과 움직였다. 그 뒤를 청룡단과 매화조가 따랐다. 그리고 목이내와 정파인들도 합류했다.

이곳에 가만히 있을 수는 없는 노릇이니까.

*　　　*　　　*

풍운은 한차례 크게 심호흡을 하고는 씩 웃었다.

"후후후."

검을 쥐고 있는 손을 펼쳐 보니 땀이 한가득이었다.

대단하다.

정말 대단하다는 말 외에는 생각나지 않았다.

첫 충돌 때 검을 놓는 파격부터가 충격이었다. 그렇게 검을 놓으며 얻은 주도권을 단 한 번도 빼앗기지 않고 몰아붙였다.

육존은 두어 번 검을 뻗으며 반격을 시도했으나 실패할 수밖에 없었다. 왜냐하면 그는 몸의 중심을 잡지 못한 상황이고, 그런 상태로 뻗는 검은 아무리 빨라도 전혀 위협적이지 않았다. 천마검 같은 고수를 상대론 말이다.

"천류영 형님이 왜 천마검을 극찬했는지 직접 보니 좀 알겠네."

검을 버리는 대담한 선택과 한 번 가져온 주도권을 시종일관 유지하는 침착함, 동시에 수하들의 퇴각로를 안전하게 확보하는 것까지 내다본 치밀함.

더구나 이러한 것들이 정파의 심장인 무림맹 총타에서 이뤄진 것이다.

좋다.

이 정도는 되어야 천류영 형님이 인정하는 호적수겠지. 또한 그래야 이곳에서 승부를 기다리며 보냈던 명상과 수련의 시간들이 의미 있지.

순간, 왼손이 눈에 들어왔다.

승부에 패하게 되면 왼손이라······.

나쁘지 않다.

칼도 계속 쓸 수 있고, 밥 먹는 것도 불편하지 않을 테니까.

풍운이 추격대의 뒤를 향해 발을 떼려는 순간, 창에서 얼굴 하나가 쏙 올라왔다.

"풍운 소협."

수화 황보연이다.

풍운은 이미 그녀가 와 있다는 것을 알고 있었다는 표정으로 말을 받았다.

"왜 다시 왔어요? 위험하다고 했잖아요. 뭐, 승부가 내 예상과는 다르게 흘러갔지만······."

어쨌든 풍운은 그녀를 무시하고 지붕에서 뛰어내리려고
했다. 그때, 황보연이 검을 쑥 내밀었다.

"이거요."

천마검이 가지고 있던 검, 무쌍검이다.

황보연이 싱긋 웃었다.

"하늘에서 제 앞에 뚝 떨어지더라고요."

"……."

"보통 검이 아닌 것 같은데, 저보단 소협께 더 어울릴
것 같아서요."

풍운은 황보연에게 다가가 창을 통해 내민 검을 내려다
보았다. 검객이라면 누구나 알 수 있다, 대단한 명검이란
것을.

칼을 보는 그의 눈빛에 황보연이 팔을 뻗었다.

"가지세요."

"애초에 소저의 칼이 아니잖아요."

황보연이 찰나 당혹스러운 기색을 지었지만, 미소로 응
수했다.

"어찌 됐든 지금은 주인이 없잖아요."

"흠, 주인에게 돌려줘야 할 것 같은데요."

황보연은 잠깐 침묵했다.

그 말은 천마검에게 돌려준다는 뜻인가? 절대고수라는
육존을 일방적으로 패던, 그 무시무시한 인물에게?

설마…….

황보연이 어깨를 으쓱거리며 대꾸했다.

"마음대로 하세요. 저는 소협에게 이미 넘겼으니까요."

"뭐, 어쨌든 고마워요."

풍운이 검을 받자 황보연이 말했다.

"세상에 공짜는 없다고 하더라고요."

풍운은 어이가 없었다. 제 검도 아니면서. 그러나 일단 고개를 끄덕였다. 이 검을 자신에게 넘기는 건 분명 대단한 호의니까.

"뭘 원하죠?"

터무니없는 걸 요구하면 거절하면 된다. 검은 이미 준 것이니 배 째라 하고.

"죽엽청 좋아하세요?"

풍운은 아까 그녀와 함께 있을 때, 초지명과 죽엽청 한 잔하고 싶었다는 말을 상기했다.

"그렇긴 한데…… 왜요?"

"함께 죽엽청 한 번 마시죠."

"……."

"그거면 돼요."

풍운은 이해할 수 없다는 표정으로 황보연을 보다가 고개를 끄덕였다.

"그렇게 하죠."

그가 다시 지붕을 따라 걷자 황보연은 의아한 얼굴로 물었다.

"설마…… 정말 천마검한테 가려는 건가요? 어? 왜 자꾸 그쪽으로 가세요? 그쪽은……."

황보연의 큰 눈이 동그래졌다.

풍운이 지붕을 몇 걸음 뛰다가 허공으로 몸을 띄운 것이다.

"헉! 푸, 풍운 소협!"

황보연은 급히 창밖으로 나와 지붕에 섰다. 그러고는 보았다. 풍운이 무려 십여 장 떨어져 있는 사 층 전각의 지붕에 착지하는 것을.

그는 쉬지 않고 지붕을 달렸고, 다시 몸을 허공으로 띄웠다가 근처의 지붕에 착지했다. 그렇게 몇 개의 전각 지붕을 이동한 그가 마침내 죽원에 들어섰다.

황보연은 넋 빠진 얼굴로 중얼거렸다.

"날았어. 새처럼……."

단순한 도약이라고 하기엔 거리가 비정상적으로 멀었다. 무엇보다 그 빠름이란…….

"어쩌면 소문만큼, 아니, 더 엄청난 고수일지도……."

황보연은 침을 꼴깍 삼켰다. 풍운에 관한 소문은 숱하게 많았다. 그러나 그 소문을 곧이곧대로 믿는 사람은 거의 없었다.

고작 스물한 살의 청년이 절정 혹은 초절정의 경지라는 것은 말이 안 되기 때문이다. 그러나 그 나이 또래 중 최고의 실력자라는 것은 많은 이들이 인정했다.

황보연의 눈이 빛났다.

"어쩌면 아버지께서도…… 풍운 소협이라면 허락해 주실지도."

육촌에게 시집가기는 끔찍하게 싫은 그녀였다.

*　　　*　　　*

선두에서 달리는 몽추와 파륵의 얼굴이 붉게 상기됐다.

이건 기적이라고 말하는 것으로도 모자랐다.

아직까지 전사자가 한 명도 없었다.

휙휙.

뺨을 스치는 바람이 매서웠다. 그건 바람이 강해서가 아니라 자신들의 속도가 빨라서다.

죽원이 끝나고 숲이 눈앞으로 다가왔다. 중간중간 정파인들이 막아서다가 질린 표정으로 물러났다.

파륵이 신나 외쳤다.

"으하하하, 거칠 것이 없도다! 내가 무림맹 총타를 종횡무진 누비는 날이 올 줄은 상상도 못했노라!"

흥분과 감격에 취한 파륵의 뒤통수를 누군가가 때렸다.

"에이, 쫌! 머리는 때리지 말라니까!"

파륵이 인상을 쓰며 말하자 몽추가 웃으며 달렸다.

"나 아닌데."

"그럼 누가? 아!"

파륵이 꼬리를 내린 표정으로 어색하게 웃었다.

초지명이 다시 최선두에 복귀했다.

"끝날 때까지 입방정 떠는 거 아니다. 긴장 풀지 말도록."

"옙!"

초지명은 숲을 질주하다가 멈췄다. 이대로 계속 앞으로 달리다가 오른쪽으로 꺾어지면 바로 포구다.

그러나 그곳에 정파인들이 가득할 건 당연지사.

초지명이 몽추에게 물었다.

"이쯤이 맞지?"

파륵이 먼저 대꾸했다.

"조금 더 가야 할 것 같은데요. 숲에 들어와서 육백 보라고 했으니까."

그러면서 근처에 있는 나무 중 가장 높은 곳을 향해 뛰어올랐다.

경공으로 나무 꼭대기까지 오른 그가 뒤통수를 긁적거리며 내려와 말했다.

"여기가 맞네요."

"좋아, 가자."

산길이 아닌 숲속으로 뛰어들었다. 그때, 산길의 정면 구릉에서 일단의 무사들이 모습을 드러냈다.

"마구니들을 잡아라!"

철갑조다.

오십여 명에 불과하나 모두가 정예로 이뤄진 무력 단체.

천마검을 빼고 가장 후위에 있던 폭혈도가 달려오는 철갑조를 보며 대머리를 쓱쓱 문질렀다.

무림맹 총타에서 신나게 싸운 건 좋았지만, 뭔가 아쉬움이 남았다.

사실 내성의 광장부터 시작해 이곳까지 오는 데 걸린 시간은 채 삼 각도 되지 않았다. 그야말로 번갯불에 콩 구워 먹듯이 파죽지세로 돌파해 온 것이다.

기습과 속도전으로 총타의 핵심 무력 조직과 정면충돌하지 않고, 포위도 되지 않았다. 그로 인해 피해를 거의 입지 않는 엄청난 성과를 도출했다.

그런데 그것이 폭혈도 입장에서는 왠지 모르게 찜찜했다. 그나마 짜릿한 승부는 육천의 십지들과 몇 초 겨룬 것이 전부였다. 그것도 아주 잠깐에 불과했다.

"이렇게 끝나면 섭섭한데……."

그의 말꼬리를 백운회가 잘랐다.

"달려."

"옛!"

누구의 명인데 거역하겠는가.

폭혈도는 지체 없이 숲으로 뛰어들어 달렸다.

길이 아닌지라 보통 사람들은 잠깐 걷는 것조차 어렵다. 그러나 마교의 최강 부대인 천랑대와 흑랑대에서도 최고만 추린 정예들.

모두가 거칠 것 없이 뛰었다. 그리고 곧 숲이 끝나고 바다와 같이 넓은 동정호가 모습을 드러냈다.

선두의 초지명이 높이 오 장(五丈)의 절벽에서 거침없이 몸을 날리며 외쳤다.

"최대한 멀리 뛴다!"

절벽 바로 밑은 물 위로 솟구친 바위들이 많아 위험하다.

하지만 그를 시작으로 천랑대와 흑랑대가 절벽에서 힘껏 도약했다.

첨벙.

가장 먼저 뛴 초지명이 하얀 포말을 일으키며 동정호로 들어갔다가 얼굴을 수면 위로 내밀었다.

첨벙, 첨벙, 첨벙……

백운회를 제외한 모든 이들이 그렇게 호수로 뛰어들었다. 그리고 그들은 앞을 향해 헤엄쳤다.

제법 큼지막한 두 척의 돛단배.

좌측의 배에 있는 사내가 웃으며 외쳤다.

"하하하, 미친! 정말 해냈군요! 해냈어요!"

하오문 북방 분타주, 홍몽검이 믿기지 않는다는 낯빛으로 소리를 질렀다. 어쩌다 보니 여기까지 함께 온, 하오문 산동 분타주 허수비가 우측 배에서 혀를 내둘렀다.

"으음, 피해가 별로 없는 것 같은데?"

"그렇죠? 고작 오십 명이 무림맹 총타를 농락한 거라고요. 이게 말이 됩니까?"

"말도…… 안 되지."

사실 하오문은 이번 작전에서 철저하게 빠지려고 했다. 하오문의 존재가 드러나서는 안 되기 때문이다.

그런데 홍몽검이 고집을 부렸다.

함께 무림맹 총타로 들어가는 건 못하겠지만, 배를 준비하고 기다리는 역할은 직접 하고 싶다고.

당연히 허수비는 펄쩍 뛰었다. 그 정도의 일은 돈만 주면 할 사람이 수두룩했다. 괜한 일에 고집을 부려 하오문을 위험하게 만들어서는 안 된다는 경고를 거듭했다.

하지만 홍몽검은 고집을 꺾지 않았다. 허수비 말마따나 마교도가 총타에서 다 죽게 될 거라면, 자신들은 그냥 뱃놀이하는 셈 치면 되지 않느냐고 항변했다.

허수비는 계속 설득하다가 홍몽검의 속내를 깨달았다.

홍몽검은 천마검이 작전을 성공시키고 살아나올 거라고 믿고 있음을. 홍몽검은 천마검을 존경을 넘어 흠모하고 있었던 것이다.

허수비는 설득을 포기했다. 만약 총타의 정파인들에게 잡힐 위험이 생기면 깨끗하게 자진하겠다는 홍몽검을 설득하는 것은 불가능했기에.

그런데 그놈의 의리가 뭔지.

결국 허수비도 홍몽검을 따라나서고 말았다.

하지만 그가 함께한 이유는 홍몽검과 반대였다.

작전이 실패해 마교도 모두 총타에서 죽을 것이라 확신했기에 동행한 것이었다. 그때, 홍몽검을 위로해 주기 위해서.

그런데 이 허무맹랑한 작전이 성공해 버린 것이다.

초지명이 먼저 청룡극을 배 안으로 던져 넣고는 홍몽검의 손을 잡고 올라왔다.

홍몽검이 물었다.

"괜찮으십니까?"

초지명이 시원한 미소로 답했다.

"덕분에. 고맙소."

"별말씀을. 그런데 피해는?"

"경상자가 예닐곱이오."

"예? 그, 그럼 죽은 이는……."

"다행히 없소."

"헉! 미친. 정말 당신들은 미쳤습니다. 하하하!"

홍몽검도 놀랐지만, 옆의 배에서 파륵을 끌어 올리던 허수비도 입을 쩍 벌렸다. 파륵의 손을 놓아버릴 정도로.

때문에 물속에 들어갔다가 다시 고개를 내민 파륵이 투덜거렸다.

"지금 무림맹 총타를 농락하고 온 나를 물 먹이는 거요?"

그의 말에 헤엄쳐 오는 이들이 웃음을 터트렸다. 사람들이 속속 배를 향해 접근했다.

절벽 위.

백운회는 뒤를 흘낏 보았다. 수하들이 배에 올라타기 시작했다. 마침내 무림맹 총타 습격 작전이 끝나가고 있었다.

그의 앞으로 십여 장에 가까운 숲이 사라졌다. 나무가 모두 베여 쓰러진 것이다.

천마검에게 달려들었던 철갑조는 전원 몰살당했고, 뒤따라온 이들은 몇 명 접근했다가 단칼에 죽었다.

청룡단주가 신음을 삼키다가 매화조 조장과 눈을 마주쳤다. 시선을 교환한 둘은 고개를 끄덕였다.

소규모로 상대해 봐야 사상자만 늘어날 뿐이다.

한 번에 승부를 봐야 했다.

청룡단과 매화조 전원의 합격.

그때였다.

아스라이 들리는 소리가 있었다.

슈스스스스.

가장 먼저 그 소리를 들은 건 백운회였다. 그는 고개를,
아니, 몸을 돌렸다.

그러고는 지체 없이 절벽에서 뛰어내렸다. 그가 빽! 고
함을 질렀다.

"피해라! 비뇨다!"

비뇨(飛鐃).

동그란 접시 형태의 무기다. 가장자리가 예리한 칼날이
라 스치는 것은 모조리 쪼개고 찢는다.

휴대하기에 편한 무기이나 실제로 보는 건 지극히 어렵
다. 비뇨란 무기를 익히는 것 자체가 워낙 까다로워서 그
것을 사용하는 자가 없기 때문이다. 또한 비뇨를 자유자
재로 사용하려면 일 갑자 이상의 내공이 기본이다.

다른 무기를 사용한다면 특급 고수에 속할 내공이다.
그럼에도 비뇨를 익히다가 손발이 잘리거나 목숨을 잃는
경우가 흔했다.

세상에서 가장 익히기 어려운 무기.

어쨌든 비뇨를 가지고 있는 인물은 무조건 피하는 것이

상책이었다.

오죽하면 악마의 병기란 말이 있을까?

돛단배에 올라탄 이들과 아직 물속에 있는 이들은 천마검의 외침에 주변을 두리번거렸다.

초지명이 신음을 흘리며 벌떡 일어섰다. 그리고 그가 바라보는 곳으로 시선이 모아졌다.

슈스스스스.

이 층 누각을 멋들어지게 얹은 배가 호안선을 따라 모습을 드러내고 있었다. 그리고 그 배 주변으로 이십여 개의 비뇨가 맹렬히 회전을 하며 허공을 선회하고 있었다.

이십여 개의 비뇨라니…….

무림맹 총타에서 선두를 달릴 때도 꿈쩍 않던 초지명의 얼굴이 딱딱하게 굳었다.

오 년 전, 비뇨를 쓰는 세 명의 천축인과 싸운 적이 있었다. 그들이 부리는 여섯 개의 비뇨에 흑랑대원이 스무 명이나 죽었던 악몽이 떠올랐다.

"빨리 배 위로! 서둘러라. 빨리! 빨리이이이!"

최악이다.

비뇨는 땅 위에서도 상대하기 까다로운 무기다. 하물며 작은 배 위에서야. 더욱 큰 문제는 아직 물에 있는 수하들이다.

슈스스스스.

드디어 비뇨들이 쇄도해 들어오기 시작했다.

3

절벽에서 뛰어내린 백운회는 등평도수(登萍渡水)란 경신술을 이용해 동정호를 날듯이 달렸다.

촤촤촤아아악!

그의 발이 만들어낸 물결이 사방으로 퍼져 나가며 세찬 파도를 일으켰다. 뜨거운 태양 아래 하얀 포말이 부서지며 눈부시게 빛나는 물살, 그리고 그 위를 질주하는 천마검.

만약 돛단배 위의 허수비가 이걸 보았다면 제 눈을 의심하며 탄성을 내질렀을 것이리라. 그러나 지금 그는 비뇨를 보며 하얗게 질려 있었다.

칠십 평생을 강호에서 잔뼈가 굵은 그 역시 듣기만 했지, 처음 보는 희귀한 무기였다.

"으으으, 망했다. 괜히 따라와서는……."

허수비는 도망칠 곳도 없는 배 위에서 자신의 오지랖을 한탄했다.

이 마교도들이 최고 중에 최고라는 건 자신도 이젠 인정한다. 하지만 이곳은 뭍이 아니라 호수다.

뭍에서의 싸움과 물에서의 전투는 천양지차. 마교도들

이 언제 수전(水戰)을 치러봤겠나. 몸의 중심을 잡는 것부터 쉽지 않을 것이다.

아무리 봐도 이곳이 죽을 자리인 듯싶었다. 허수비는 원망의 시선으로 건너편 배에 있는 홍몽검을 보다가 흠칫 몸을 떨었다.

홍몽검은 배에 올라온 이들에게 노를 건네주고 있었다. 마교도들 역시 침착한 모습으로 노를 받아 들고 배의 좌우에 자리를 잡았다. 동료들이 다 승선하면 곧바로 탈출할 수 있도록 준비를 하는 것이다.

허수비는 순간 뒤통수를 맞은 듯한 충격으로 몸을 떨었다. 그리고 자신이 있는 배 안을 급히 훑었다. 이곳의 마교도들도 바닥에 있는 노를 쥐고 자리를 잡고 있었다. 또한 건너편 배와 마찬가지로, 일부는 다가오는 비뇨를 노려보며 칼을 들고 있었다.

허수비는 부끄러움에 휩싸였다.

자신을 제외한 어느 누구도 포기하지 않고 있었다. 비록 표정은 굳어 있을지언정 두려움에 질리거나 초조해하지 않았다.

슈스스스스.

점점 커지는 비뇨의 회전음이 섬뜩해 오금이 저렸다. 금방이라도 저 비뇨들이 자신의 목을, 혹은 몸을 갈가리 찢으며 지나갈 것 같았다. 하지만 허수비는 어금니를 깨물며 조금 전까지 자신이 하던 일에 다시 집중했다.

헤엄쳐 다가온 이가 조금이라도 빨리 배 위에 올라올 수 있게 손을 내밀어 돕는 것.

어떤 상황이 오더라도 상관과 동료를 믿고 자신이 할 일을 한다. 그것이 아무리 사소한 일일지라도. 그렇게 허수비는 자신도 모르게 천랑대와 흑랑대에 녹아들었다.

백운회는 달리면서 검을 머리 위로 곧추 세웠다. 내력이 가득 스며든 검이 거칠게 울다가 강하게 내려섰다.

콰콰콰콰콰아아아아앙!

앞쪽의 물이 움푹 꺼지며 갈라졌다. 그리고 갈라진 호수 물이 다시 합쳐지며 솟구쳐 올라 높은 수벽(水壁)을 만들었다.

눈으로 보고도 믿기지 않는 장관이며 경이!

슈스스스스.

비뇨들이 갑자기 막아서는 수벽을 피해 위로 솟구쳤다. 몇 개는 그냥 수벽을 통과했지만, 그 속도가 눈에 띄게 느려졌다.

하지만 방어막인 수벽을 회피한 비뇨들이 다시 돛단배와 수하들을 향해 짓쳐 들었다. 수벽을 통과하며 느려진 비뇨들 역시 맹렬한 회전을 재개하며 뻗어 나갔다.

그것을 본 백운회의 눈가가 잘게 떨렸다.

그가 절벽에서 급히 뛰어내릴 정도로 염려한 것이 현실이 되는 순간이었다.

비뇨를 부리는 자들은 크게 네 부류로 나뉜다.

첫째, 유성추나 승표처럼 무기에 줄을 매달고 사용하는 경우.

둘째, 줄 없이 오로지 내공으로만 비뇨를 다루는 자들. 그건 시전자가 이기어검술에 근접할 만큼 심후한 내공을 가지고 있음을 의미한다.

셋째, 세상에는 희박하지만 특이한 능력을 가진 이들이 있다. 그들 중 물건을 의지대로 움직일 수 있는 염동력(念動力)을 지닌 자들이 비뇨를 부리는 경우다.

이 세 가지 경우라면 초지명을 비롯한 오십여 최정예는 어떻게든 저 비뇨를 감당할 수 있으리라.

문제는 네 번째다.

염동력을 갖고 태어났으며, 심후한 내공까지 가진 자들. 비뇨를 익힌, 그런 자들을 만나는 경우는 악몽이다. 오 년 전, 흑랑대가 그런 이들과 맞부딪쳐 큰 피해를 입은 전례도 있다. 더구나 지금은 뭍이 아니라 호수다.

즉, 백운회는 수벽을 이용해 비뇨의 시전자들이 심후한 내공뿐만 아니라 염동력을 가진 능력자란 것을 파악했다. 내공만으로 비뇨를 부렸다면 수벽과 충돌한 것들은 일단 회수했을 테니까.

초지명과 수하들도 그런 사실을 간파하고 대비를 할 것이다. 하지만…… 그럼에도 불구하고 아직 물속에 있는 수하들에겐 재앙과 다름없었다. 염동력까지 갖춘, 최소 초절정고수의 비뇨를 수영 중인 수하들은 결코 피할 수 없다.

잠수를 통해 물속으로 피한다고?

저들의 비뇨는 물속에서도 자유롭게 움직일 것이다.

쇄애애애액.

백운회의 칼이 다시 움직였다. 그러자 무수한 강기가 검에서 폭사하듯이 쏟아져 나와 비뇨들을 향했다.

순간, 그의 눈동자가 흔들렸다.

자신을 향해 폭사해 오는 기운.

강기(罡氣)다. 그것도 무시무시한 기운을 간직한, 그야말로 무식할 정도로 거대한 강기.

백운회는 배교의 주술로 인해 금강불괴에 근접한 육체를 가지고 있었다. 장풍, 검풍 따위는 신경도 쓰지 않고, 어지간한 검기, 검사 정도도 무시할 수 있을 정도로.

그러나 강기라면 얘기가 다르다. 맞받아치거나 피해야 한다. 특히 이렇게 가공할 기운을 품고 있는 강기라면 더욱 그렇다.

막 배에 오른 마령검이 그 장면을 보고 빽! 소리를 질렀다.

"대, 대종사! 피하십시오!"

백운회의 머리도 경고를 보내왔다. 일단 피하거나 막으라고.

그러나 그의 가슴이 거부했다.

아직 헤엄치고 있는 수하들은 이제야 겨우 배에 근접했다. 그 대부분은 부상자들이다. 한 번, 단 한 번만 자신이 막아준다면 그들을 살릴 수 있다.

물론 그건 어리석은 짓이다.

누구보다 수하를 아끼지만 이렇게 무모한, 바보 같은 짓은 하지 않았다. 장수가 그리 물러 터져서야 어찌 큰일을 할 수 있겠는가.

그러나 백운회는 묘한 미소를 지었다.

'하연, 저들은 최고의 전사들이오. 뜨거운 가슴으로 싸우다 전사한다면 모를까, 이리 허망하게 죽게 둘 수는 없소. 그러기엔 나로 인해 너무 많은 날들을 고통 속에서 버텨왔소.'

바람이 그의 주변에서 세차게 불었다.

말리는 것일까, 격려하는 것일까?

백운회는 호신강기를 겹겹이 두르며 비뇨를 노리는 자신의 강기에 집중했다.

퍼퍼퍼퍼어어엉!

백운회의 강기에 격추당한 비뇨들이 팽개쳐지듯 흩어

졌다.

콰아아앙!

그리고 거대한 강기가 천마검을 집어삼켰다. 이제 그의
몸이 산산이 찢겨지며 폭발하리라.

하지만 푸르스름한 강기가 분명 천마검을 때리고, 더
나아가 몸을 삼켰음에도 예상되던 폭발은 없었다.

그것은 무림사에서 전례를 찾아볼 수 없는 괴사(怪事)
였다.

"크으으으……."

백운회는 이를 악물며 신음을 삼켰다. 지독한 고통에
의식이 한순간 흐려졌다.

살이 찢기고 뼈가 부서지다 못해 혼백까지 흔들리는 극
한의 고통.

불현듯 배교에게 고문당하던 때가 흐릿해지는 머릿속에
떠올랐다. 그리고 그런 자신을 안타깝게 바라보던 하연의
눈망울도.

찰나, 백운회의 눈에 환영이 보였다. 투명하게 일렁이
는 한 여인. 그녀가 그때처럼 안타까운 눈물을 참고 있었
다. 강기에 묻혀 있음에도 바람이 그의 뺨을 어루만졌다.
그녀의 손이 쓰다듬는 것처럼.

'역시 곁에 있었구려, 하연.'

그의 입가에 미소가 맺혔다. 흐려지던 눈의 초점이 다

시 또렷해졌다.

푸르스름한 강기는 천마검을 완전히 삼킨 채 나아가지 못하고 제자리에 멈췄다. 강기 덩어리가 마치 경련을 일으키는 듯 보였다. 마찬가지로 그 안에 사로잡힌 천마검도 벼락이라도 맞은 듯 부르르 떨었다.

퍼퍼퍼퍼퍼어어엉!

그때, 천마검의 몸 주변에서 폭음이 잇따라 터졌다. 그의 호신강기가 깨져 나가는 것이다.

파아아아아아아!

백운회의 옷이 찢어지고, 그의 코에서, 그리고 입가에서 혈흔이 비쳤다.

핏, 핏핏핏!

그리고 몸 여기저기에서 피가 튀었다

"으아아아아아!"

신음이나 비명이 아니다. 의지를 다지는 고함이다.

쉴 새 없이 경련을 일으키던 그가 그렇게 고함을 지르며 양팔을 펼쳤고, 그의 눈에서 기광이 폭사됐다.

'나는…… 괜찮소. 울지 마시오.'

번쩍!

그의 몸에서 짙은 흑빛이 뿜어져 나와 푸르스름한 강기와 부딪쳤다.

콰콰콰콰콰아앙!

눈을 뜨기 어려울 정도의 빛무리와 함께 고막을 찢는 폭발음이 터졌다.

많은 이들이 이 믿기지 않는 장면을 보며 입을 벌렸다.

엄청나던 광휘(光輝)는 순식간에 잦아들었다.

그리고 넝마나 다름없는 옷을 걸치고 있는 백운회가 물 위에 있었다. 아니, 정확히 말하자면 하반신은 물에 잠겨 있었다.

"하아아, 하아아…… 쿨럭."

피투성이가 된 그가 격한 숨을 내쉬다가 한차례 기침을 했다. 그러자 그의 입에서 검붉은 피가 울컥 쏟아져 나왔다. 그렇게 백운회는 수면 아래로 천천히 가라앉았다.

이 층 누각이 얹힌 유람선의 뱃머리.

선수에서 강기를 날린 육존은 얼이 빠져 있었다. 무리할 정도로 상당한 내공을 동원한 강기였다. 천마검이 피할 것이라 생각하면서도 그렇게 내공을 썼다.

왜냐하면 자신의 망가진 얼굴을 한심한 듯 쳐다봤던 팔존에게 아직 자신이 건재하다는 것을 보여줘야만 했다. 무너진 자존심을 세워야 했다.

그런데 설마 천마검이 강기를 맨몸뚱이로 받으리라고는 상상도 하지 못했기에 얼이 빠져 버린 것이다.

"이, 이렇게 간단하게 끝난 건가?"

허탈함이 짙게 묻어나는 목소리. 그러나 이층 누각에 있던 중년 여인, 팔존의 반응은 달랐다.

"당신의 말대로…… 정말 괴물이었군요."

그녀의 음성엔 의아함과 충격이 교차했다. 수하들을 구하기 위해 희생하는 상관이라니. 이해할 수가 없었다. 하지만 그 의문보다 충격이 더 컸다.

어마어마한 강기를 맨몸으로 받아 버티고, 더 나아가 무력화시키다니! 그녀 평생에 본 가장 놀랍고 괴이한 장면이었다.

물론 무모한 도전의 대가는 죽음이다. 지금 천마검은 동정호의 바닥으로 가라앉으며 차갑게 식어가고 있을 터다. 그래도 놈이 맨몸으로 육존의 강기를 버텨낸 장면은 아직까지 그녀의 심장을 거칠게 뛰게 했다.

아쉬웠다. 생포해 수하로 부릴 수 있었다면 얼마나 좋았겠는가.

그녀는 고개를 절레절레 저으며 피식 웃고 말았다. 한바탕 꿈을 꾼 것 같았다. 어처구니없으면서도 아주 기이한 꿈을.

"이야아아아! 됐어! 잡았다고!"

절벽 위에서 초조하게 호수를 주시하던 목이내가 쌍수를 치켜들며 환호했다. 시원한 웃음을 터트렸다.

마침내 천마검을 잡은 것이다.

목이내는 지금 혼자였다. 청룡단을 비롯한 무림맹의 정예들은 마교도들을 추격하기 위해 모두 포구로 이동한 것이다.

그렇기에 주변 눈치를 살필 필요 없이 춤을 추듯 흥을 토해냈다.

방금 전까지만 해도 천마검이 강기를 버티는, 그런 말도 안 되는 장면에 소름이 돋았던 것을 까맣게 잊어버린 것이다. 중요한 건 결과고, 어쨌든 천마검은 죽었다.

이제야 숨통이 트였다.

문책을 피할 수는 없겠지만, 자리보전은 할 수 있으리라. 짧은 시간이지만 가슴 졸인 것을 생각하면 수명이 십 년은 단축된 듯싶었다.

그는 낄낄거리며 웃다가 고개를 갸웃거렸다.

"그런데…… 천마검이 저리 멍청했나?"

그가 수하를 상당히 아낀다는 소문은 들었다.

하지만 제 목숨을 담보로 수하를 구한다는 것은 멍청하다는 표현으로도 모자랐다. 왠지 모를 불안감이 가슴에 똬리를 틀었다.

"설마, 다시 놈이 등장하지는……."

그때, 그의 뒤에서 누군가가 말했다.

"그 설마가 맞는 것 같은데요?"

"......!"

목이내는 눈을 치켜뜨며 숨을 멈췄다. 비록 자신의 무공이 강하다고 말할 수는 없지만, 바로 뒤에 누군가가 다가온 것을 전혀 몰랐다니.

그가 천천히 고개를 돌리려는 순간, 뒤에 있던 풍운이 손날로 뒷목을 쳤다.

파악!

"컥!"

목이내의 신형이 풀썩 무너져 내렸다.

풍운은 쓰러진 목이내 앞으로 나와 절벽가에 섰다. 그러고는 방금 전의 가성(假聲)이 아닌, 진짜 목소리로 중얼거렸다.

"멍청한 좌군사 나으리, 천마검 수하들을 보면 몰라요? 천마검이 죽었다고 생각하면 저렇게 침착할 수 있겠냐고요. 뭐, 나도 믿기진 않지만."

그는 동정호를 내려다보며 소매 속에서 검은 천을 꺼냈다. 그건 복면이었다.

천류영이 자신을 이곳에 보내며 건네준 것이다. 천류영은 그때 이렇게 말했었다.

"풍운, 네가 천마검과 겨루고 싶다면 그렇게 해. 대신 두 가지 조건이 있어. 다른 사람들 눈에 띌 가능성이 있으면 이

복면을 쓸 것. 그리고 다른 하나는 네 정체를 천마검에게 밝힐
것."

풍운은 피식 웃으며 복면을 만지작거렸다. 그러면서도
그의 시선은 아래, 동정호에 꽂혀 있었다.

"수하를 위해 그리 큰 강기를 맨몸으로 받아 내다니.
미친 사람이야."

풍운은 고개를 절레절레 저었다.

큰일이다. 미친 천마검이 왜 자꾸 마음에 드는 것인가!
그는 자신도 모르게 천마검이 살아 있기를 바라고 있었다.

초지명은 다가오는 거대한 파도를 보았다. 천마검 대종
사가 수벽을 만들면서 생긴 파도가 이제야 지척까지 다가
왔다. 아니, 방금 벌어진 상황이 워낙 순식간에 지나간 것
이다.

동시에 천마검의 강기를 피한 세 개의 비뇨가 속도를
조절하며 파도 뒤에 숨어 접근했다.

열일곱 개는 멀리 날아갔다. 그것들이 돌아오기 전까
지, 지금 이 순간이 중요하다!

초지명의 고함이 터졌다.

"몽추, 오른쪽 비뇨를 맡아라! 수라마녀, 좌측! 파륵,
물속이다!"

천마검이 이리 허망하게 죽었을 거라 생각하는 이들은 없었다. 물론 설마 하는 불안감은 있었다.

하지만 넋 놓고 있으면 천마검의 희생은 아무 의미가 없어진다. 그렇기에 초지명은 다가오는 위험에 집중했다. 눈을 빛내며 심호흡을 했다.

계속 출렁거리는 배에서 중심을 잡는 생소한 경험. 모든 것이 여의치 않았다. 그렇다고 무리하게 발에 힘을 주면 배가 깨져 나갈 판이다.

하지만 해야 한다.

자신은 부상당한 수하들이 당도할 때까지 배를 지켜야 한다.

한 번, 한 번이면 충분하다.

그의 청룡극이 배를 덮치는 파도를 향해 움직였다.

부우우우웅!

청룡극에서 뻗어 나가는 기운이 돛단배를 덮치는 파도를 베었다.

순간, 숨을 죽이고 앞을 보던 홍몽검은 입을 쩍 벌렸다. 허수비도 제 눈을 의심하며 중얼거렸다.

"이럴 수가……."

배가 전복될 수도 있다고 생각했다. 그런데 흑랑대주의 청룡극이 파도를 싹둑 베어버렸다.

눈으로 보면서도 믿기지 않는, 놀랍다 못해 신기한 장

면이었다. 파도가 마치 사물처럼 뎅겅 베어졌다.

부우우웅!

청룡극이 잇따라 허공을 가르며 갈라진 파도들을 난도
질했다. 그리고 새로 들이닥치는 파도도 베었다.

조각난 파도가 비가 되어 쏟아지며 그 속에서 반짝거리
는 무지개가 피어났다.

쩌엉! 쨍!

몽추가 선미에서 비뇨를 튕겨냈다. 수라마녀도 채찍으
로 비뇨를 쳐냈다.

파륵은 배에서 뛰어내렸다.

첨벙.

잠수한 그의 시야가 탁한 물로 인해 뿌옇다. 하지만 그
는 내공으로 안력을 돋우며 앞쪽을 주시했다.

빠른 속도로 비뇨가 달려온다. 선저(船底)를 갈라 돛단
배를 동강 내려는 비뇨가.

허공에서보다야 느리지만, 소름 끼치게 빠르게 쇄도해
왔다. 파륵은 어금니를 깨물며 기형도를 휘둘렀다.

예전에 물속에서 도를 휘두르는 수련을 제법 오래한 적
이 있다. 아마 그것을 기억하고 초지명 대주가 자신에게
물밑을 맡긴 것이리라.

'감(感)이 떨어졌어.'

수중(水中)은 너무 오랜만이다. 그래서 물속의 칼이 움

직이는 속도가 적당한 건지 확신할 수 없었다. 하지만 무조건 막아야 한다.

칼이 막지 못하면 몸으로라도.

파륵의 얼굴에 비장함이 어렸다. 거대한 강기를 맨몸으로 받아내는 천마검에 비하면 이건 아무것도 아니다!

투웅!

그의 기형도가 비뇨를 코앞에서 가까스로 막았다.

'성공이다!'

찰나만 늦었어도 얼굴이 반으로 갈라질 뻔했다. 더 나아가 배도 위험했을 테고.

파륵이 안도의 미소를 지으며 웃었다. 벌린 입으로 공기방울들이 무수히 흘러나왔다.

그는 기쁜 얼굴로 수면 위로 고개를 내밀었다.

"올라갑니까?"

초지명이 그를 흘끗 보고 턱짓으로 앞을 가리켰다. 파륵이 고개를 돌려 그 방향을 보았다가 자신도 모르게 욕설을 뱉었다.

"제기랄!"

이 층 누각을 얹은 유람선에서 다섯 개의 비뇨가 새롭게 등장한 것이다. 그리고 천마검에 의해 튕겨 나갔던 비뇨들도 허공을 돌아 다시 달려들었다.

제4장
천마검, 그리고 풍운

1

초지명이 고함으로 명을 하달했다.

"원종, 차인, 수르, 심우, 무소, 육삼, 자휘, 보구, 학충!"

호명당한 이들이 모두 초지명을 보았다. 모두가 수영 실력이 뛰어난 수하들이다.

"파륵을 도와 선저를 지킨다."

"존명!"

아홉이 동시에 대답하며 호수로 뛰어들었다.

"노를 쥔 사공은 대기한다!"

모두가 비뇨를 상대할 필요는 없다.

배 위의 좁은 공간.

칼을 쥐고 있는 소수의 동료들이 편하게 움직일 수 있도록 배려하고 그들을 믿어야 할 때다.

초지명은 비릿한 미소를 지으며 외쳤다.

"정파의 심장인 무림맹 총타를 유린한 우리다! 살아 돌아가 이 전설을 동료와 함께 나눠야 하지 않겠나!"

그의 고함에 모두의 얼굴에 웃음이 맺혔다. 가장 마지막으로 배에 오른 폭혈도가 말을 받았다.

"며칠간은 아무 말도 하지 않는 거야. 그럼 녀석들 애가 타겠지. 술을 거하게 사지 않으면 절대 얘기해 주지 말자고."

수하들이 낄낄거렸고, 초지명도 못 말리겠다는 듯이 실소를 뱉었다.

그렇게 그들은 이 순간에 집중하며 훗날 있을 기쁨만 생각했다. 천마검이 잘못됐을지도 모른다는 생각이 조금이라도 스며들지 못하게.

슈스스스스.

햇볕을 받아 반짝이는 비뇨들이 다시 그들을 덮쳤다.

쩌엉, 쩡쩡쩡쩡! 슈스스스, 쇄액, 쇄액.

"크윽!"

누군가가 비명을 낮게 흘렸다. 그리고 또 다른 누군가의 어깨에서 핏물이 튀겼다.

그냥 비뇨를 쳐내면 되지 않느냐고?

만약 이곳이 뭍이었다면 여기 있는 이들은 충분히 그럴 능력이 있는 최정예들이다. 그러나 이곳은 지금 거칠게 흔들리는 배 위였다. 그리고 비뇨의 움직임은 생각보다 훨씬 빨랐고 변화무쌍했다.

그들보다 더 고전하는 건 배 주변의 물속에 있는, 파륵을 포함한 열 명이었다.

시야도 흐리고 숨도 가쁘다. 비뇨는 빠른데, 팔과 다리는 허우적거린다.

찰나라도 집중력이 흐트러지면 비뇨가 숨통을 끊을 것이다. 하지만 어느 누구도 제 목숨 잃는 것을 두려워하지 않았다.

정말 무서운 건, 자신들을 철석같이 믿고 있는 배 위 동료들의 생명이다. 자신이 비뇨를 놓치면, 배가 난파된다. 그럼 끝장이었다. 전우들의 생명이 자신의 손에 걸려 있었다.

수우우우우, 수우우우우.

물속의 이들이 집중하고 집중하며 칼을 휘둘렀다. 숨을 참고 내공을 가득 칼끝에 모았다가 한순간 폭발시켰다. 천천히 움직이던 팔이 그 순간만큼은 눈부시게 빨랐다.

투웅! 투웅! 투웅!

여기저기에서 비뇨가 튕겨 나간다. 그 비뇨들은 수면

위로 솟구쳐 한차례 허공을 선회하다가 다시 물속으로 파고들었다.

여기저기에서 부상을 입는 자들이 늘어났고, 배 주변이 조금씩 붉어졌다.

그 와중에 다행이라면 이층 유람선에서 새롭게 등장한 다섯 개의 비뇨가 이리 달려들지 않았다는 점이다.

그것들은 유람선 주변을 몇 번 선회하다가 칠 장여 거리 앞, 호수 속으로 파고들었다.

그러자 한 인영이 수면 위로 솟구쳤다.

싸우지는 못하고, 그저 숨죽인 채 주변을 훑던 홍몽검이 양손을 번쩍 들었다.

"으아아아아! 천마검이, 아니, 대종사께서 살아 계십니다아아아아!"

허수비도 거의 동시에 몸까지 떨며 고함을 질렀다.

"우리 대종사께서 저기 있습니다, 저기요! 우리 대종사가 저기 있다고요!"

그는 자신이 천마검을 향해 '우리 대종사'라는 표현을 쓴 것도 모른 채 미친 듯 소리를 질러 댔다. 어찌나 기쁜지 눈물까지 흘러내렸다.

비뇨와 싸우던 마교도들의 표정이 대번에 밝아졌다. 천마검을 믿으면서도 어쩔 수 없이 가슴 밑바닥에 드리워 있던 불안감이 씻기듯 사라졌다.

폭혈도가 몸을 날려 허공으로 떠올라 비뇨 두 개를 연달아 쳐내며 괴성을 질렀다.

"으아아아아!"

그러고는 물속으로 고꾸라졌다.

마령검도 미소를 회복하고 물로 뛰어들었다. 허공에서 날아오는 것보다 물속의 비뇨가 더 무섭다는 걸 알기 때문이다. 또한 허공보다 물밑으로 침투하는 비뇨의 숫자가 늘어나고 있었다.

그럼에도 지금까지 배 위에 있던 이유는 확인하고 싶었기 때문이다.

그분이 건재하다는 것을.

초지명이 상기된 얼굴로 외쳤다.

"사공 역할은 필요 없다! 대종사께서 돌아오실 때까지 배를 지킨다!"

수영 실력이 괜찮은 몇몇 이들이 배 밑의 동료들을 돕기 위해 자발적으로 움직였다. 그리고 부상자들은 배위로 올라왔다.

누가 명하지 않아도 알아서 착착 움직였다. 이는 한 가지 뚜렷한 목표가 있었기에 가능했다.

반드시 배를 사수한다.

그분이 복귀할 때까지!

절벽에서 교전 상황을 지켜보던 풍운은 자신도 모르게 주먹을 불끈 쥐며 외쳤다.

"그렇지!"

천마검이 살아 있다.

하긴 이렇게 죽으면 재미없지.

아직 자신과 손속도 나눠보지 못했는데 말이다.

"하아, 대단하구나. 정말 살아 있었어."

풍운은 급히 고개를 뒤로 돌려 주변을 훑었다. 철갑조의 시신과 부러진 나무들이 즐비했다. 풍운은 부러진 나무 중 마음에 드는 두 개를 골라 가지를 쳐냈다.

이제 자신도 출격할 때였다.

유람선의 뱃머리에 있던 육존이 검강 맺힌 검을 휘두르자 다시 나타난 천마검을 향해 강기가 뻗어 나갔다.

천마검의 검이 육존의 강기를 파쇄할 때, 이층 누각의 팔존이 혀를 내두르다가 외쳤다.

"대체 네놈은 뭐지? 어떻게 살아 있는 거냐고?"

기함할 일이었다. 다른 천존들에게 얘기해도 믿지 않을 것이리라.

육존이 그녀의 질문을 천마검 대신 받았다.

"괴물이라고 했잖소. 하지만……."

그는 짙은 살기를 뿌리며 천마검을 향해 외쳤다.

"살아줘서 고맙다. 그리 쉽게 끝내긴 싫었거든."

허공을 밟고 있는 백운회는 싸늘한 눈으로 이 장여 거리를 두고 선회하는 비뇨들을 흘낏 보았다. 위험한 기운을 흘러대는 비뇨 다섯 개는 금방이라도 달려들 듯이 주변을 빙글빙글 돌았다.

그의 젖은 머리카락 끝에서 물방울이 끊임없이 떨어지고, 호흡도 거칠었다.

입고 있는 옷이 갈가리 찢겨져 매끈한 육체에 새겨진, 셀 수도 없는 희미한 상흔들이 고스란히 드러났다. 그리고 조금 전 입은 부상으로 찢어진 부위에서 흘러내리는 엷은 핏줄기도.

팔존은 천마검의 흐트러진 호흡을 보며 피식 웃었다.

괴물이라 죽지 않았다?

그럼 도망갔어야지. 그런데 이렇게 죽을 자리로 찾아오다니.

정말이지, 이자의 행동은 처음부터 지금까지 하나도 이해할 수가 없었다.

절대의 경지에 오른 자는 어지간해서는 호흡이 흐트러지지 않는다. 하지만 지금 천마검은 무리하고 있었다.

그 이유는 빤하다. 아까처럼 수하들을 위해서 목숨을 내놓고 있는 것이다.

대체 왜?

천상제, 등평도수.

자신들도 오래 펼칠 수 없는 최고급 상승의 경신술을 놈은 자유자재로 펼친다. 그렇게 놀라운 경신술의 달인이니 홀로 도망가면 된다. 이미 무림맹 총타를 누빈 전공을 세웠으니 더욱 그렇다.

그런데 무슨 미련이 남아서 이리 악착같이 덤비는가.

고작 오십여 수하들 때문에 이런 위험을 자초하는 천마검을 그녀의 머리로는 도저히 이해할 수 없었다.

"천마검, 하나만 묻자. 너는 왜 도망가지 않지?"

팔존의 질문에 다시 공격을 개시하려던 육존이 눈살을 찌푸렸다.

백운회 역시 자신을 호시탐탐 노리는 비뇨들과 육존, 그리고 육존 뒤에 붙어 있는 네 명의 초인을 훑다가 미간을 좁혔다.

그리고 그의 시선이 질문을 던진 팔존에게 닿았다.

"너도 천존이겠군."

그녀가 고개를 끄덕이며 교태 섞인 미소를 흘렸다.

"십천백지의 팔천, 팔존이다."

백운회는 배의 좌우에 있는 열 명의 초인도 빠르게 훑었다. 양팔을 계속 흔들고 있는 그들은 각자 두 개의 비뇨를 부리며 수하들을 공격하고 있었다.

팔천의 십지군.

그들의 위치를 모조리 파악한 백운회는 팔존을 보며 물었다.

"질문이 뭐였지?"

팔존의 얼굴이 구겨졌다.

"지금 감히 나를……."

천마검이 그녀의 말허리를 끊었다.

"됐다. 들을 가치도 없었을 테니."

말이 끝나기 무섭게 그의 손에서 장력이 뿜어졌다. 육존이 코웃음을 치며 칼을 휘두르려다가 눈을 치켜떴다.

자신들을 노린 것이 아니라 배다!

육존의 검이 방향을 틀어 강기를 분출했다.

쇄애애액, 퍼어엉!

천마검이 다시 장력을 발출했다.

이번엔 배에서 이 장여 떨어져 있는 수면 위였다.

퍼퍼퍼퍼어어엉!

이곳저곳으로 연달아 쏟아지는 장력.

전혀 예상치 못한 공격에 육존과 그 호위들이 당황하며 칼을 휘둘렀다. 그렇게 장력 일부는 막았지만, 일부는 허용했다.

그런데 그 공격을 과연 허용했다고 할 수 있을까?

그저 호수 위로 쏘아낸 장력일 뿐인데.

하지만 그로 인해 생겨난 파도가 이층 유람선을 흔들

었다.

"으으음……."

여기저기에서 불편한 침음이 흘러나왔다.

팔천의 십지들이 배가 심하게 요동치자 비뇨를 조정하는 데 애를 먹고 있는 것이다. 덕분에 초지명과 수하들은 한숨 돌릴 수 있게 됐다.

육존이 고개를 돌려 팔존에게 버럭 성냈다.

"뭐하는 거요? 내 누누이 저놈에게는 가급적 선공을 내주지 말라 했잖소!"

계속 천마검 주변을 맴돌기만 하는 다섯 개의 비뇨를 지적하는 것이다. 그렇게 화를 내던 육존의 눈매가 가늘어졌다.

누각에 서서 안면 근육을 부들부들 떨고 있는 팔존. 그녀가 천마검을 노려보며 이를 갈았다.

"진짜…… 괴물이구나."

육존의 고개가 다시 앞으로 이동했다. 그러고는 깨달았다. 팔존은 공격을 안 한 것이 아니었다.

슈스스스슛!

천마검 주변의 비뇨들이 그 어느 때보다 맹렬하게 회전을 해 대며 앞으로 나아가려고 했다. 그런데 제자리에서 회전만 하고 있던 것이다.

육존은 자신도 모르게 침을 삼켰다.

"맙소사!"

미친 듯이 장력을 뻗어내면서도 팔존의 비뇨가 접근하지 못하게 막고 있었다고? 그것도 천상제의 신법으로 허공에 떠 있으면서?

유람선에 있는 모두가 깨달았다.

천마검 백운회.

저자는 절대고수가 아니었다.

마신지경.

고금 무림 사상 최고수라 불리는 천마가 꿈에서조차 바라 마지않았다는 이상향의 경지.

그걸 저자가 성취한 것이다. 그것 외에는 지금 벌어지고 있는 상황을 설명할 길이 없었다.

육존과 팔존은 순간 똑같은 생각을 했다.

죽여야 한다, 반드시. 어떻게 해서든!

팔존의 눈가가 샛노랗게 변하면서 짙은 살기가 얼굴에 흐르는 요염함을 밀어냈다. 그리고 그녀의 왼팔이 올라가며 다섯 손가락이 움직였다.

슈스스스스.

그녀 주변에 있던 다섯 개의 비뇨가 공중으로 떠오르며 회전하더니, 쏜살같이 뻗어 나갔다.

총 열 개의 비뇨.

육존도 몸을 웅크렸다가 폈다. 그러자 유람선의 선수가

움푹 꺼지듯 내려가다가 올라섰다.

그의 신형이 시위를 떠난 화살처럼 천마검을 향해 폭사
했다.

백운회는 다섯 비뇨가 짓쳐 들려는 것을 허공섭물을 응
용해 막으며 발을 내디뎠다.

쿠우우웅!

허공을 밟았는데 굉음이 일었다.

천마군림보(天魔君臨步).

원래 땅에서 사용하는 보법이 공중에서 펼쳐지자, 허공
이 진저리를 치며 바람을 일으켰다. 그냥 보법이 아니라
진각의 성격도 띠었다.

백운회가 천마동에서 익힌 천마 조사의 무공은 이제 대
부분 성격이 완전히 달라진 것이다.

파파파파앗.

근처에 있던 다섯 개의 비뇨가 마침내 천마검을 덮쳤지
만, 주변의 일렁이는 기운으로 인해 정확한 길을 잃고 흔
들렸다.

쩌어어어엉!

이형환위로 다가온 육존의 검강 맺힌 검과 천마검의 검
이 충돌했다.

쩡쩡쩡쩡쩡쩡!

육존은 자신이 지닌 최고의 절기를 선보였다.

총무환상월검(總武幻想月劍).

어설픈 초식으로 마신지경을 상대했다가는 아차 하는 순간 목숨을 잃게 될 수도 있으니까.

검강이 맺힌 검이 수십여 개로 불어났다.

교교한 달빛 아래의 검처럼 푸르스름하게 빛나는 검강들이 천마검의 검을 짓밟듯 두드렸다.

쩌어어어엉! 파파파팟!

검강들이 천마검의 머리를 찔렀다. 무려 열 개의 비뇨가 천마검의 목을, 옆구리를, 등을, 그리고 사지를 노리며 짓쳐 들었다.

백운회의 머리가 좌우로 흔들리며 검강을 피하고 검으로 비뇨들을 쳐냈다. 직선으로 흐르다가 꺾이고 휘어지는 한 번의 검격에 다섯 개의 비뇨가 튕겨 나가자 누군가가 불신의 탄식을 토해냈다.

터엉!

백운회가 허공을 밟으며 튕기듯 떠올라 비뇨를 피하자마자 하강했다. 그런데 그 자리에 검을 밀고 들어오는 자가 있었다.

둘의 눈이 찰나 마주쳤다.

육존의 눈이 살기로 번들거렸다.

"죽어라!"

파라라라.

육존의 검이 꽂히는 순간, 백운회의 신형이 맹렬하게 회전했다. 육존의 검은 분명 백운회의 몸통을 찔렀다. 그러나 파육감이 없었다. 대신 백운회의 회전하는 발이 육존의 뺨을 때렸다.

파각!

"윽!"

그리고 검이 허공을 찢었다.

쇄액!

육존은 고통으로 어질어질한 상황에서도 몸을 비틀어 간신히 공격을 피했다. 그 순간, 백운회의 발이 육존의 배에 쑤셔 박혔다.

퍼억!

"커흑!"

육존은 신음을 삼키며 뒤로 떨어지다가 수면을 차고 훌쩍 물러났다. 만약 팔존의 비뇨가 백운회를 노리지 않았다면 목이 날아갈 뻔한 위기였다. 다시 뱃머리에 자리한 그가 자신을 바라보는 네 호위를 향해 호통했다.

"암기를 써라!"

절대고수의 체면?

지금 그런 것을 따질 때가 아니었다. 애초에 체면 따위를 따졌다면 절대고수 두 명이 합격하지도 않았다. 상대는 무림 사상 처음으로 마신의 경지에 오른 괴물이다.

육천의 네 호위가 미리 준비해 둔, 바닥에 가득 깔려 있는 쇠구슬들을 움켜쥐었다.

팔존 역시 육존을 따라오려는 천마검을 비뇨로 막으며 빽! 소리 질렀다.

"전원 천마검을 노린다! 놈이 먼저다!"

그녀의 명에 따라 팔천 십지들이 비뇨를 회수했다.

초지명을 포함한 이들은 빠르게 물러나는 비뇨들을 보면서 이를 악물었다. 아무도 안도하지 않았다.

저 비뇨들까지 천마검 한 사람을 공격할 것을 알기에.

폭혈도가 배 위로 뛰어올라 이를 갈았다.

"제길! 상승 경공을 공부하든지 해야지!"

초지명이나 다른 조장들도 폭혈도와 같은 마음이었다. 자신들은 허공을 밟고 물 위를 뛰는 경공을 펼칠 수 없었다. 그건 자신들이 부족해서가 아니라 천마검이 뛰어나서라고 하는 것이 맞았다.

그럼에도 안타까웠다.

이렇게 지켜만 봐야 한다는 것이.

초지명이 나지막이 혼잣말을 중얼거렸다.

"대종사…… 괜찮겠습니까?"

그 말을 들은 파륵이 미소로 답했다.

"괜찮으실 겁니다. 여차하면 스스로 몸을 빼내실 수 있을 테니까요."

그의 의견에 많은 사람들이 고개를 끄덕이며 표정을 풀었다. 그렇다. 천마검이 몸을 빼내려 한다면 어느 누가 뒤쫓을 수 있겠는가.

마령검이 여전히 걱정스러운 기색으로 말을 받았다.

"물러서지 않을 것 같으니 문제지."

스르르 풀려가던 사람들의 얼굴이 다시 굳어갔다.

그러고 보니 천마검이 적을 두고 등을 보인 적이 있었던가?

그들의 기억으로는 딱 한 번밖에 없었다.

작년 무림서생에게.

하지만 그건 사천 분타를 빼앗기지 않기 위함이었다.

그때, 모두가 눈을 치켜뜨며 탄식을 흘렸다.

천마검의 검이 계속되는 공격을 버티지 못하고 산산이 박살나고 있었다.

초지명이 고개를 저으며 신음처럼 중얼거렸다.

"이건…… 너무 위험합니다. 대종사, 일단 물러나셔야 합니다."

절대고수 육존과 소낙비처럼 폭사하는 쇠구슬, 그리고 비뇨 삼십 개. 아무리 강해도 한 사람이 감당할 수 있는 것이 아니었다. 거기에 칼까지 깨졌으니…….

그때, 수라마녀가 눈살을 찌푸리며 입을 열었다.

"저, 저건 또 뭐야?"

절벽에서 누군가가 통나무를 던졌다.

그것도 두 개 연속.

모두가 흘깃 그쪽을 보았다가 눈을 화등잔만 하게 떴다.

복면 쓴 한 인물이 허공을 그야말로 벼락처럼 이동해, 그자가 던졌을 것이라 여겨지는 통나무 위에 착지했다. 복면인이 탄 통나무가 호수에 닿는 순간, 그의 신형이 호수를 밟았다.

촤촤촤촤아아아아.

물위를 달린다. 그것도 믿기지 않을 정도로 빠르게.

등평도수인가.

그런 것 같기도 하고, 그냥 빠른 것 같기도 하다.

정확히는 알 수 없었는데, 너무 빨라서였다.

그는 먼저 던진 통나무가 다가오자 힘차게 밟고 허공으로 도약했다.

퍼러러러럭.

양발을 교차하며 허공을 난다.

분명 허공에 서서 자유자재로 움직일 수 있다는 전설의 천상제와 비교할 수는 없다. 그러나 그 눈부신 속도만큼은 발군이고, 압권이었다. 복면인은 그야말로 삽시간에 유람선 가까이 접근하고 있었다.

허수비가 넋 빠진 얼굴로 말했다.

"사람이 저리 빠를 수가……."

홍몽검이 침을 삼키고 중얼거렸다.

"또 한 명의 절대고수인가? 이건 안 좋은데……."

군산도에서 나온 인물이니 당연히 정파인이라 여기는 것이 옳다. 하지만 그렇다면 복면을 쓸 이유가 없지 않은가.

마령검이 굳은 얼굴로 중얼거렸다.

"아군이냐, 적군이냐?"

그 질문이 채 끝나기도 전에 복면인이 천마검의 등을 향해 검을 던졌다.

2

백운회의 손이 좌우로 흐른다. 그 손짓에 따라 흘러나오는 장력이 쏟아지는 쇠구슬들을 옆으로 쓸었다.

슈스스스슷.

무려 삼십 개나 되는 비뇨가 내는 회전 소음에 귀가 멍멍해져 이명이 생길 지경이다.

츄캉, 츄캉, 츄카아아앙!

육존의 검강에 의해 검신 대부분이 사라졌다. 그래서 부러진 짤막한 칼로 비뇨를 튕겨내고 있었다.

"후우우, 후우우……."

호흡이 자꾸만 흐트러진다. 아까 강기를 정통으로 맞은 여파가 아직 진하게 남아 있기 때문이다. 그로 인해 진기가 원활히 흐르지 않았다.

이곳이 땅이었다면 좋았을 텐데. 그럼 몸을 띄우기 위해 허공과 물 사이를 오가며 공력을 낭비할 필요가 없었을 테니.

상황이 최악인 가운데 정신없이 몰아치는 적의 파상공격.

백운회의 신형은 오른쪽으로, 그리고 왼쪽으로 계속 움직였다. 때로는 물속으로 들어갔다가 다시 솟구쳤다.

유람선으로 들어갈 수 있는, 혹은 유람선을 부술 수 있는 아주 작은 틈을 그는 노리고 있었다.

그러나 절대고수 두 명과 초절정고수 열네 명의 합공은 철옹성이었다.

작금의 몸 상태로는 아무리 생각해도 무리였다.

이십 개의 비뇨와 암기까지 새로이 등장하자 앞으로의 전진은커녕 한 번의 공격조차 어려웠다. 아니, 최악의 상황에서 이런 파상공세를 막으며 버티는 것도 어찌 보면 기적이라고 할 수 있었다.

그런데도 백운회는 물러서지 않았다. 아니, 그는 물러설 줄을 몰랐다.

천마동에서 나온 이후, 싸움 중에 도망친 적이 없기 때문이다. 평생을 그렇게 악착같이 버티고 버티면서 싸워왔다. 늘 목숨을 걸고 앞으로 전진했다.

그렇기에 오늘의 자신이 있는 것임을 그는 잘 알고 있었다.

또한 이들을 살려둔다면 큰 후환이 될 것임을 직감했기에 버렸다.

곧 정파의 추격대가 모습을 드러낼 것이다. 그리되면 어쩔 수 없이 퇴각해야 한다. 고집을 피우며 버티면 수하들도 위험해질 테니까. 그들은 결코 자신을 남겨두고 먼저 퇴각하지 않을 것이다.

하지만 그때까지는 싸울 것이다. 지금까지 그래왔던 것처럼 최후의 순간까지 버티고 버틸 것이고, 그러다가 허점이 드러나는 순간 가차 없이 적의 숨통을 끊을 테다.

악(惡)은, 불의(不義)는 강하고 집요하며 교활하다. 그것들을 징벌할 기회를 놓치면 다음은 더 어려워진다. 더 큰 악으로, 더 큰 불의로 다가와 온갖 패악질을 해 댄다.

그리하여 더할 나위 없이 뻔뻔하고 염치를 모르는 이것들은 무소불위의 권력과 거대한 폭력으로 세상을 삼켜 버린다.

그렇기에 보여줘야 한다. 경고해야 한다.

너희들도 똑같이 당할 수 있음을.

안하무인인 너희의 뇌와 심장에 두려움을 각인시켜 주

리라. 그리하여 너희 쓰레기들을 처단하고 새로운 세상을 열 것이다.

바로 그것이 내가 패왕의 별이 되려는 이유다!

쇄애애애액!

배로 돌아갔던 육존이 다시 몸을 날려 왔다. 이젠 지긋지긋하기까지 한 검강을 앞세우며.

까앙!

일 척(一尺) 남은 부러진 검신마저 깨져 날아갔다.

천마검의 싸움을 돛단배에서 지켜보고만 있던 마교도들에게서 안타까운 단말마가 터져 나왔다.

검을 잃은 백운회의 주먹이 육존의 얼굴을 향해 짓쳐들었다. 그러나 비뇨와 암기의 방해로 허리를 비틀며 자신이 피해야 했다.

팔존과 수하들의 전폭적인 지원을 받은 육존이 의기양양해 계속 검을 휘둘렀다.

쇄액, 팟팟팟.

검기와 강기가 뻗어 나오고, 검이 목을 가른다.

빙그르르.

백운회는 고개를 젖혔다. 동시에 몸을 꺾으며 발을 뻗어 육존의 검신을 때렸다. 순간, 서른 개의 비뇨가 좌우, 그리고 뒤에서 동시에 파고들었다.

처음 있는 일이다. 그리고 쇠구슬도 쏟아져 들어왔다.

쇠구슬은 자신을 노리는 것이 아니라 피할 공간을 차단했다.

백운회의 눈동자가 흔들렸다.

저들이 전음으로 이번 합공을 맞춘 것이다.

하지만 백운회의 입가에 흐릿한 미소가 스쳤다.

피할 공간이 사라졌다. 다 막는 것도 불가능하다.

게다가 뒤에서 누군가가 급속도로 다가오고 있었다. 어마어마한 경공술을 가진 실력자다.

사방이 적.

그렇다면 공격이다. 어느 정도 부상을 입더라도 육존의 숨통을 끊는다.

그렇게 백운회가 육존을 향해 폭사하려는 순간이었다. 갑자기 육존이 이맛살을 찌푸리더니, 급히 뒤로 물러났다.

덕분에 백운회는 앞으로 피할 공간이 생겼다.

쇄애애액!

허공을 찢는 파공성이 다가왔다. 무지막지한 속도의 검이 뒤쪽에서 날아왔다.

백운회는 자신도 모르게 입술을 깨물었다.

단순히 검을 던진 것이 아님을 간파한 것이다.

이기어검!

또 한 명, 절대고수의 등장이다. 최소 초절정의 마지막 경지다.

세 명의 절대고수와 열넷의 초절정이라……

백운회는 쓴웃음을 깨물었다.

'더 버티는 건 만용인가?'

호수 위, 이런 몸 상태로는 여기까지다. 분하지만 인정할 순간이었다, 자신이 물러나야 할 때임을.

그가 몸을 빼내기 위해 허리를 뒤로 틀면서 비뇨들을 피하고 쳐내려는 순간, 백운회는 자신도 모르게 숨을 훅 들이켰다.

자신을 향해 이기어검으로 들어오던 검이 갑자기 더 빨라졌다. 근처에서 접근한 비뇨보다 더 빨리 자신에게 짓쳐 들었다.

'대단!'

이기어검으로 조종되는 칼이 뒤로 갈수록 더 빨라지게 하는 건 절대고수도 어렵다.

쾌(快)! 빠름에 관한 달인이다.

검술은 수천수만 가지로 분류가 되겠지만, 결국 빠름과 무거움, 그리고 변화가 기본 축이다. 그중에서 가장 상대하기 까다로운 것을 꼽으라면 대부분 무사들은 쾌를 꼽을 것이다.

쾌검을 대표하는 말 중에서 후발선제(後發先制), 즉 나중에 검을 뽑아도 제압할 수 있는 능력의 고수를 많은 이들이 꺼리는 것과 일맥상통한다고 할 수 있었다.

백운회의 눈에 이채가 스쳤다.

자신에게 달려들던 비뇨들 중 상당수가 급격하게 휘어지며 거리를 벌렸다.

백운회의 머리에 방금 육존이 이마를 찌푸리며 급히 물러나던 모습이 떠올랐다.

십천백지가 방금 나타난 복면인을 경계하고 있다!

즉, 저들은 복면인이 적인지 아군인지 모른다는 것이다. 그냥 무시하기엔 복면인이 보여주는 빠름과 이기어검이 위협적이었으리라.

쇄애액.

지척까지 다가온 검이 흔들리더니, 백운회에게 쏘아지던 몇 개의 비뇨를 쳐냈다.

쨍쨍쨍, 티이이잉. 쨍!

그렇게 비뇨를 쳐낸 검이 백운회의 앞으로 스르르 다가오더니, 허공에서 멈췄다.

백운회의 입가에 미소가 맺혔다.

이건 아까 자신이 버린 검이 아닌가.

그는 팔을 뻗어 무쌍검을 쥐었다. 그러는 사이, 복면인은 어느새 바로 근처까지 다가왔다.

유람선과 백운회, 그리고 복면인이 삼각형의 꼭짓점 자리에서 대치했다.

백운회와 육존이 동시에 물었다.

"너는 누구지?"

"누구냐?"

그런데 복면인이 갑자기 아래로 추락했다. 그러더니 호수를 발로 차고는 다시 떠오르며 백운회에게 말했다.

"아저씨 검이잖아요."

"너는……."

복면인이 다시 하강했다가 발로 호수를 차며 뛰어올랐다.

"이걸로 결투에서 지더라도 왼손까지 봐주는 건 어때요? 아무래도 있는 게 나을 것 같아서 말이죠."

"훗, 넌 아까 그 재밌던 녀석이군."

육존이 뱃머리에서 으르렁거렸다.

"너도 마구니구나!"

그의 얼굴에 긴장이 흘렀다.

호수를 발로 치면서 연신 깡충깡충 뛰는 모습이 어이없었다. 하지만 그렇다고 해도 복면인의 실력이 폄하될 까닭은 없었다.

놀라운 경공과 이기어검을 보여주었다. 그리고 계속 깡충깡충 뛰는 모습이 우습게 보이긴 했지만, 실상은 땅이 아니라 호수를 발로 차며 떠오르고 있는 것이다. 최상승의 경신 공부를 정통으로 오래하지 않았다면 초절정고수도 불가능한 일이었다.

한마디로 저 복면인의 개입을 무시할 수 없다는 얘기다. 신중해야 한다. 그걸 팔존이나 다른 이들도 알기에 경계만 할 뿐, 섣불리 공격하진 않았다.

풍운이 고개를 저으며 육존을 보았다.

"마교도 아닌데."

이층 누각의 팔존도 끼어들었다.

"그럼 천마검과 친분이…….."

"오늘 처음 봤죠."

"…….."

"유명한 천마검과 한 번 붙어보려는 거예요. 얼마나 벼르던 승부인데."

육존이 반색했다가 곧바로 성을 냈다.

"그런 사람이 무쌍검을 마구니에게 돌려준단 말이냐!"

풍운이 눈을 치켜뜨며 놀랐다.

"헉, 천하오대명검 중 하나인 무쌍검요?"

"…….."

"에이, 손해 봤네."

풍운을 묘한 미소로 보던 백운회가 입을 열었다.

"날 도우면 이 검을 너에게 주지."

육존이 기가 막힌다는 얼굴로 천마검을 쏘아보다가 풍운에게 말했다.

"저 검의 원 주인은 우리다. 네가 우리에게 협조하면

저 검을 주지."

물론 그럴 생각은 티끌만큼도 없었다. 하지만 복면인이 천마검에게 붙으면 골치 아파질 것이 자명하지 않은가.

지켜보던 팔존이 짜증스러운 기색으로 외쳤다.

"어느 편이냐? 당장 말해라!"

긴박감이 흐르던 전장이 마치 희극장이 되어버린 것 같았다. 무엇보다 계속 깡충깡충 뛰는 모습이 눈에 거슬렸다.

풍운은 두 번 뛰어오르는 동안 말이 없다가 세 번째 도약 때 육존을 향해 말했다.

"내 목소리 기억 못해요?"

풍운의 질문에 육존이 고개를 갸웃거렸다. 확실히 들어본 음성이다.

"너는……."

"내가 금방 만날 거라고 했죠?"

육존의 눈이 동그래졌다.

"설마…… 풍운? 그 애송이?"

놀랐다.

고작 스물하나인 애송이가 이렇게 강했다니!

그의 반문에 백운회의 눈도 커졌다.

"네가 천류영의 호위인 풍운이냐?"

풍운이 고개를 끄덕이며 백운회의 질문에 답했다.

"예. 천류영 형님이 아저씨가 이리 올 거라고 해서 기다리고 있었죠."

백운회가 고개를 절레절레 저으며 시원하게 웃었다.

"하하하, 하여간 무서운 놈이라니까. 대체 녀석의 머릿속은 어떻게 생겼는지 궁금할 때가 많아. 그리고 너 역시 대단하군."

백운회는 진심으로 감탄했다. 그도 풍운이 스물한 살임을 알고 있었다.

누각의 팔존이 어이없다는 기색으로 물었다.

"뭐냐, 무림서생과 가깝게 느껴지는 그 말투는? 대마두가 유명 정파인과 어떤 사이인 거냐?"

백운회가 풍운을 향해 미안한 기색으로 말했다.

"내가 실수한 건가?"

풍운이 백운회를 째려보며 대꾸했다.

"일부러 그런 거죠?"

"……."

"뭐, 상관없어요. 저 쓰레기들은 내가 처리하려고 했으니까. 천마검 아저씨는 조금만 도와줘요."

백운회의 미소가 짙어졌다.

"쓰레기라……. 후후후, 네가 내 보조를 해야……."

"에이, 많이 지쳤잖아요. 피도 꽤 흘린 것 같은데, 어지럽진 않아요?"

"훗."

재밌다. 진짜 재미있는 녀석이다. 묘하게 사람의 마음을 상쾌하게 만든다.

"그리고 내가 앞장서는 게 빨라요. 아마 반 각이면 총타의 추격대가 나타날 텐데, 그전에 빨리 끝내야죠."

"하하하하!"

백운회는 결국 다시 웃음을 터트렸다. 팔존이 어이가 없다 못해 기가 막혀서 노기에 찬 고함을 질렀다.

"정파인이 마구니와 내통을 하다니! 죽여라!"

주변에서 선회하던 비뇨들이 달려들었다.

순간, 백운회와 풍운의 눈빛이 마주쳤다.

팟, 팟!

그들의 신형이 이형환위로 폭사했다.

비뇨가 둘이 있던 허공을 뒤늦게 갈랐다.

그러자 뱃머리에 있던 육존이 크게 당황했다.

한 놈이 아니라 둘이다!

누각 위 팔존이 빽! 소릴 질렀다.

"막지 않고 뭐해요?"

앞 공간은 육존의 몫이고, 자신들은 지원 역할이었다. 그런데 저렇게 앞에서 멍을 때리면 어떻게 하겠다는 건가.

육존의 뒤에 있던 네 명의 십지가 급히 쇠구슬을 한 움큼씩 던졌다.

촤아아아아!

동시에 육존도 칼을 휘둘렀다.

그런데…… 공교롭게도 육존과 그 호위들의 공격이 모두 천마검에게 집중됐다.

천마검이 마신지경이라는 것이 머리에 각인된 탓이다. 특히나 총타에서 보여준 그의 근접전은 섬뜩할 정도로 강했다.

절대 그를 배에 들여놓아서는 안 된다!

그러한 생각이 모두의 공격을 천마검에게 향하게 만든 것이다. 거기에다 대부분의 비뇨들까지 천마검에게 쏠렸다.

째애애앵! 쩡쩡쩡!

백운회는 지금까지처럼 다시 육존의 칼과 쇠구슬들을 상대했다. 동시에 사방에서 달려드는 비뇨까지 쳐내고 피해야 했다.

육존의 눈동자가 흔들렸다.

다가오는 풍운. 대단한 고수지만 풋내기 녀석.

그런데 진짜 빨랐다. 아까 보여준 것보다 몇 배 더!

더 큰 문제는…… 네 호위가 모두 그를 방치했다는 점이다. 속도를 줄일 필요가 없던 풍운이 어느새 뱃머리 코앞에서 검을 휘둘렀다.

쾌! 그것을 넘어선 극쾌(克快)!

그리고 절대고수였던 겐죠를 죽음으로 몰아붙인 초극쾌(超克快)!

서걱!

방금 천마검의 검과 충돌했던 육존은 풍운의 검을 막지도, 그렇다고 피하지도 못했다. 그리고 그렇게 목이 잘려 버렸다.

"……!"

팔존의 눈이 찢어질 듯 커졌다. 배 안에 있는 모든 이들의 입이 쩍 벌어졌다.

천존은 하늘이다.

비록 풍운이라는 애송이가 대단한 고수란 것을 등장할 때의 경공과 이기어검으로 알았지만, 천존이 단칼에 죽을 거라고 생각한 사람은 아무도 없었다.

한편인 천마검조차.

물론 핑곗거리는 많았다.

방심했을 것이다. 갑작스러운 상황으로 인해 풍운을 전담하는 이가 없었다. 또한 육존은 천마검과 검을 부딪치고 휘청거리던 때였다.

그럼에도 그 사실은 모두에게 충격으로 다가왔다.

파앗, 팟팟팟!

먼저 배에 착지한 풍운의 검이 벼락처럼 허공을 찔렀다. 육존을 잃고 공황에 빠진 네 십지가 충격에서 빠져나오기도 전에 풍운의 검은 그들의 이마와 심장을 꿰뚫었다.

타타타타타아앗!

풍운이 누각의 오른쪽으로 뛰었다.

슈가가앗!

"으아아악!"

"끄으윽."

팔천의 십지들이 무너졌다. 그들의 비뇨들도 대부분 천마검에게 집중된 탓에 풍운을 막을 방도가 없었다.

그렇게 순식간에 세 명이 쓰러지고 나서야 네 번째 십지가 풍운의 검을 막았다.

쩡!

하지만 풍운의 검이 충돌하기 무섭게 곧바로 되돌아와 그의 목을 베었다.

다섯 번째 십지가 몸을 부르르 떨다가 손을 뻗었다. 그러자 근처에 있던 간이 의자가 풍운을 덮쳤다.

풍운의 눈이 휘둥그레졌다.

"허공섭물!"

아니다. 염동력이란 초능력이다.

하긴 그게 중요한 건 아니다.

푸욱.

의자가 풍운을 덮치기도 전에 검이 심장에 먼저 박혀 버렸다. 허물어지던 십지는 질린 눈으로 풍운을 보며 중얼거렸다.

"뭐가 이리……."

풍운이 말꼬리를 받았다.

"제가 좀 빠르죠?"

그랬다. 너무 빨랐다. 비뇨를 회수할 틈도 없고, 제대로 반격할 시간도 주어지지 않았다. 더구나 육존이 그렇게 허망하게 죽는 모습에서 온 충격까지.

"이리 빠른 줄 알았다면……."

풍운은 어깨를 으쓱하고 다시 말을 받았다.

"결과는 변하지 않았을 거예요. 물론 시간은 더 걸렸겠지만."

꼬박꼬박 말을 받아준 풍운이 고개를 돌렸다. 뱃머리에 당도한 백운회가 그를 보며 입맛을 다셨다.

풍운이 피식 웃으며 그의 인재 사랑에 대한 소문을 떠올렸다.

"제가 탐나나 보네요."

백운회는 고개를 끄덕이며 혀를 찼다.

"쯧쯧, 천류영의 호위만 아녔으면…… 어쩔 수 없지."

그는 아쉬운 기색으로 검을 휘둘렀다.

부우우웅.

묵직한 소리가 일며 강기가 폭사했다.

콰아아아앙!

배의 왼쪽이 송두리째 날아가자 그쪽에 있던 다섯 십지가 놀라 허공으로 몸을 띄웠다. 그러자 백운회에게 짓쳐들던 비뇨들이 힘을 잃고 속도가 현저하게 줄었다.

백운회는 근처에 있는 예닐곱 개의 비뇨를 훑으며 자리에서 뛰어올랐다.

파라라라라! 팅팅팅팅티이잉.

그가 무서운 속도로 회전하며 발로 비뇨를 때렸다. 그러자 그 비뇨들이 허공에 뜬 다섯 십지를 향해 짓쳐 들었다. 그리고 모두 비명을 지르며 호수로 떨어졌다.

첨벙, 첨벙, 첨벙, 첨벙, 첨벙.

이층 누각에 홀로 있던 팔존은 하얗게 질린 얼굴로 침을 삼켰다.

백운회와 풍운이 이층 누각으로 뛰어올랐다. 그러자 열 개의 비뇨가 빠르게 쇄도했다.

그 비뇨들이 두 사내의 등에 근접한 순간, 이미 검 두 개가 그녀의 목 앞뒤에 닿았다.

백운회가 말했다.

"멈추지?"

슈스스스스.

비뇨가 더 접근하지 못하고 제자리에서 회전만 했다.

풍운이 그녀를 향해 입을 열었다.

"궁금한 게 있는데."

"……"

"십천백지 수준이 다 이래요?"

"……"

"아줌마도 절대는 아닌 것 같고, 수하들도 초절정 아닌 것 같은데? 만약 천마검 아저씨가 아까 그 무식한 강기만 맞지 않았어도……."

백운회가 말을 받았다.

"형(形)은 뛰어나다. 절대가 맞지. 하지만 실(實)이 부족하다. 야생성을 잃어버린 형은 공염불에 불과하지. 네가 배에 들어온 때를 생각해 봐."

풍운은 모두가 천마검에게 집중해서 어이없을 정도로 쉽게 배에 안착한 순간을 떠올렸다. 만약 이들이 실전 경험이 많았더라면 그렇게 얼토당토않은 실수는 하지 않았을 것이다. 그랬다면 싸움이 제법 길어졌을 테고.

풍운은 이해가 간다는 표정으로 고개를 끄덕였다.

"진짜 고수를 만나서 싸움을 하게 되면 지금처럼 한순간에 무너진단 말이죠? 역시 가짜였어."

참고 있던 팔존이 폭발했다.

"감히 십천백지를 능멸하는 것이냐? 우리 팔천은 원래 근접전은 거의 하지 않는다."

"아하, 그래서 그렇게 심하게 약했구나."

팔존이 모욕감에 부들부들 떨었다.

"너, 너는 정파인으로서 부끄럽지도 않느냐? 어떻게 대마두와……."

풍운이 그녀의 말을 끊었다.

"저, 정파 아닌데요."

사실 그의 사문인 천궁은 정파가 아니다. 오로지 힘을 추구할 뿐, 정사지간(正邪之間)이라고 보는 게 정확했다.

"정파가 아니면, 사파라도 된단 말이냐?"

풍운은 어깨를 으쓱하고 대꾸했다.

"천류영파요."

"그 무슨 말도 안 되는……."

"제가 정파에서 싸우는 이유는 천류영 형님 때문이거든요. 그 형님 아녔으면…… 무림 일에 신경도 쓰지 않았어요."

팔존이 어이가 없어 대꾸도 못하는 사이, 백운회가 다시 웃었다.

"하하하하! 다행이다, 네가 천류영 곁에 있어서."

팔존이 표독한 눈빛으로 이를 갈다가 스산한 음성으로 말했다.

"흥! 천류영은 곧 우리의 개가 될 것이다."

풍운의 눈빛이 차갑게 가라앉았다.

"이 아줌마, 기분 나쁘게 육존하고 똑같은 말을 하네?"

순간, 백운회의 눈이 가늘어졌다.

"비원이 천류영을 포섭하려는가?"

"흥! 포섭이 아니라 우리의 노예가……."

콰직!

백운회의 발이 팔존의 배에 꽂혔다. 그녀가 배를 움켜잡고 주저앉자 풍운이 혀를 찼다.

"저는 여자는 영 못 건드리겠던데."

팔존이 이를 갈았다.

"풍운, 마지막 기회다. 천마검을 잡아라. 그러지 않으면 천류영을 죽여 버릴……."

콰직!

풍운이 주먹으로 그녀의 뒤통수를 후려갈겼다. 그녀가 기절하면서 허공에 떠 있던 비뇨들이 침몰하고 있는 유람선의 갑판으로 떨어졌다.

백운회는 풍운을 보며 피식 웃었다.

"여자는 건드리지 않는다며?"

"늘 예외는 있는 법이죠."

"천류영은 괜찮은 건가?"

"흐음, 오늘 이상한 말을 들어서 걱정이 되기는 하네요."

그는 천마검을 직시하면서 말을 이었다.

"아저씨와 한판 겨루고 빨리 가봐야겠어요."

"네가 말했듯이 지금 내 몸 상태가 그리 좋지 않은데,

상관없나?"

풍운의 미간이 좁아졌다. 이런 기회가 쉽게 주어지는
것도 아니고, 당연히 최고의 상태인 천마검과 겨루고 싶
은 것이다. 그렇다고 천류영이 걱정되는 마당에 완쾌될
때까지 기다릴 수도 없는 노릇이었다.

일단 그냥 붙어볼까?

하지만 천마검의 신색은 한눈에 보기에도 너무 좋지 않
았다. 하긴 자신이었으면 아까 강기를 그렇게 맞았을 때
죽었을 것이다.

풍운이 선뜻 결정을 내리지 못하는 사이, 천마검이 팔
존을 둘러업었다.

"일단 가자."

"그러죠. 그런데 좀 싱겁네요. 십천백지가 이리 약한
줄 알았다면……."

백운회가 묘한 미소를 지으며 말했다.

"약하다고 생각하나?"

"뭐…… 생각보다는 그렇다는 거죠."

"무림맹을, 그리고 그 뒤에서 세상을 실질적으로 수백
년간 지배해 온 자들이야. 허세만으로는 불가능하지. 분
명히 한둘은 있을 거다. 말도 안 될 정도로, 소름 끼치도
록 진짜 강한 자가."

"……."

"그렇지 않았다면 십천백지는 이미 예전에 누군가에게 먹혔어. 그게 강호무림이고, 세상의 이치다."

3

하유와 선지운은 호수가에 펼쳐져 있는 너른 갈대밭을 보다가 좌우를 훑었다. 화선부의 오십여 여인들이 횃불을 들고 길게 늘어서 있었다.

하유는 두 척의 돛단배를 먼 거리에서 쫓고 있는 수십여 척의 배를 보다가 말했다.

"사상자가 많지 않았으면 좋겠는데……."

그녀의 말에 선지운이 고개를 끄덕이며 동의의 표정을 지었다. 그러나 큰 피해가 없을 거라고 장담할 수 없기에 침묵을 지켰다. 다른 곳도 아닌, 무림맹 총타를 유린하는 작전이니까.

마침내 돛단배가 호숫가에 닿았고, 마교도들이 내렸다. 그들이 갈대숲을 헤치고 나오는 모습을 지켜보던 이들의 표정이 눈에 띄게 밝아졌다.

어림짐작일 뿐이나 거의 모두가 생존해 귀환하는 것으로 보였다. 부축 받는 이들이 얼핏얼핏 보였지만, 분명 대부분이 살아 있었다.

초조하게 기다리던 이들의 낯빛이 환하게 빛났다. 가장

선두에서 달려온 폭혈도가 하유를 보며 눈을 찡긋했다.

"날 기다렸소?"

평소라면 쓸데없는 농을 지껄이느냐고 구박을 했을 텐데, 지금은 이 농담마저 기꺼웠다.

"피해가 거의 없어 보이네요?"

"막판에 방해꾼만 없었어도……."

비뇨를 막다가 열 명이 넘게 부상을 당했다. 그것이 못내 분한 폭혈도였다. 돛단배에 갇혀 있지만 않았어도 놈들에게 자신이 직접 매운맛을 보여줬을 텐데.

속속 갈대숲을 벗어나 길로 올라오는 이들을 보며 선지운이 물었다.

"혹시…… 죽은 사람이…… 없는 겁니까?"

그의 물음이 흥분과 희열로 떨렸다. 폭혈도가 고개를 끄덕이며 답했다.

"없어."

"세상에!"

선지운이 경악하는 가운데 폭혈도가 하유를 향해 말을 이었다.

"중상자가 두 명이야. 부탁해."

사망자가 없다는 말에 하유가 입을 쩍 벌리며 혀를 내두르다가 말했다.

"우린 화선부예요. 맡겨두세요."

폭혈도는 고개를 끄덕이며 마차 행렬 끝으로 이동했다. 그곳에는 일지가 홀로 서서 자신들이 온 길을 주시하고 있었다.

폭혈도가 말을 건넸다.

"다행히 추격대는 아직이군."

천하교를 통해 마차를 뒤쫓을 거라고 예상한 추격대는 아직 보이지 않았다.

사실 추격대가 늦는 이유가 있었다. 천마검이 내성 광장에서 내뱉은 농 때문이었다.

마교의 본대가 올 것이라는.

그것은 추격보다 천하교를 사수해야 한다는 의견에 무게가 실리는 결과를 낳았다. 그로 인해 추격이 늦어지고 있는 것이었다.

일지는 갈대숲에서 속속 올라와 마차에 타는 이들을 보며 대꾸했다.

"아무도 죽지 않았다니…… 너희들이 대단한 건가, 아니면 무림맹 총타가 무능한 건가?"

폭혈도가 낄낄거리며 답했다.

"우리가 대단한 거지."

"아무리 그렇더라도 쉽지 않았을 텐데. 운이 너희에게 따랐나 보군."

산동에서 이곳까지 오면서 꽤 친해진 둘은 말을 튼 지

며칠이 되었다.

"글쎄, 부상자가 거의 없을 수도 있었는데……."

"……."

"십천백지가 있었다. 그들이 방해하는 바람에 피해가 좀 늘었다."

폭혈도의 말에 일지의 눈동자가 흔들렸다. 폭혈도의 말이 이어졌다.

"육천과 팔천."

"으음…… 두 개의 하늘이 있었는데도 죽은 이가 없다고?"

일지는 마지막으로 갈대숲에서 나온 천마검을 보고는 고개를 절레절레 저었다. 육천과 팔천이 막아섰는데도 모두가 멀쩡히 살아 돌아왔다는 건, 결국 저 사람이 있기 때문에 가능했을 테니까.

그는 기가 막힌다는 낯빛으로 중얼거렸다.

"저분은 내 짐작보다 훨씬 더 강하구나. 대체 얼마나 강한 건지……."

일지는 충격으로 말을 잇지 못했다. 그러던 그의 눈이 화등잔만 하게 커졌다. 폭혈도가 그의 시선을 쫓더니 피식 웃었다.

"그래, 팔존이다."

"천마검께서 생포……하신 건가?"

그 이유는 빤하다. 십천백지에 관한 것을 알아내려는 것이리라. 자신이 모르는 극비를 천존들은 알고 있을 테니까.

화선부의 여인들이 갈대에 불을 지르기 시작했다. 이미 전날, 여기저기에 기름을 부어둔 덕에 불은 빠른 속도로 퍼져 나갔다.

걷잡을 수 없이 커져 가는 불길을 보며 폭혈도가 손을 내밀었다.

"또 보자."

그 둘 주변으로 홍몽검과 허수비가 다가와 있었다. 이제 헤어질 시간이다.

일지는 폭혈도의 손을 보며 어깨를 살짝 으쓱거렸다.

"이런 거, 영 적응이 안 되는군."

가축처럼 시키는 일만 하고 기계처럼 명만 받드는 생활이었다. 누군가와 악수를 나누며 이별을 하는 삶이라니.

이들과 함께한 시간들은 조금, 아니, 아주 재밌었다. 비록 살갑게 지내지 못하고 주변을 맴돌았지만, 지켜보는 재미가 쏠쏠했다. 무엇보다 주변인인 자신을 살뜰하게 챙겨주는 폭혈도가 있어서 즐거웠다.

그것이 감시의 성격도 있다는 걸 알고 있지만, 그래도 좋았다.

지켜보던 홍몽검이 재촉했다.

"떠나야 하오."

갈대숲에 일어난 불길로 인해 정파의 배들은 주변을 멀리 우회해 상륙해야 한다. 어느 정도의 시간을 벌 수는 있겠지만, 결코 여유를 부릴 정도로 한가하진 않았다.

일지가 묘한 표정으로 폭혈도의 손을 잡았다.

왜 이렇게 가슴이 텅 빈 것 같은 걸까?

"이럴 때는 무슨 말을 해야 할지 모르겠군. 나도 다음에 또 보자고 하면 되는 건가?"

폭혈도가 악수를 나누며 소리 없이 웃다가 말했다.

"'세상에서 제일 잘생긴 폭혈도, 너를 알게 되어 행복했다' 이렇게 말하면 되는 거야."

"……."

"해봐."

"미친놈."

"크허허허! 좋아, 점점 사람 냄새가 난단 말이지."

폭혈도가 낄낄거리며 뒤돌아서 걸어갔다. 일지는 그런 폭혈도의 대머리 뒤통수를 보다가 입을 열었다.

"다시 볼 때까지……."

그의 말에 폭혈도가 고개를 돌렸다. 일지는 잔뜩 얼굴을 구긴 채 말을 이었다.

"죽지 마라."

폭혈도가 의외라는 표정으로 작은 눈을 치켜떴다. 그의

입가에서 시작된 희미한 미소가 얼굴 전체로 짙게 퍼져 나갔다. 일지가 감정을 표현하는 것이 처음이었으니까.

"그러지, 친구. 너도 죽지 마라."

"……."

"하오문에서 자리 잘 잡고."

"그래."

폭혈도가 마지막으로 마차에 올랐다. 그런 후, 열 대의 마차가 출발했다.

일지는 홍몽검의 손에 이끌려 옆에 있는 숲으로 들어갈 때까지 폭혈도가 탄 마차에서 시선을 떼지 않았다.

자신들의 흔적을 지우고 숲으로 들어온 허수비가 일지에게 물었다.

"폭혈도 조장과 많이 친해졌나 보군."

일지가 잠시 침묵하며 걷다가 물었다.

"저도 말했어야 하는 걸까요?"

"응? 뭘 말인가?"

"친구라고……."

홍몽검과 허수비가 멈칫했다가 미소 지었다. 홍몽검이 말했다.

"말 안 해도 알 거네. 이미 마음이 통하는 것 같으니 까."

허수비가 고개를 끄덕이며 말을 받았다.

"그렇지. 하지만 다음에 만날 땐 꼭 얘기해 주게. 가슴에 묻은 말은 나중에 한이 될 수도 있으니까."

일지가 입술을 꾹 깨물고 고개를 끄덕이자 홍몽검이 말했다.

"자, 이제 우리도 빨리 움직여야지. 항주까진 제법 먼 거리라네."

원래라면 일지가 변심할 경우를 대비해 천마검이 초절정고수를 홍몽검에게 붙여줘야 했다.

그러나 이젠 상황이 변했다. 일지가 무림맹 공격에 함께함으로써 배신할 여지가 없어진 것이다.

셋은 경공을 펼치며 빠르게 숲을 달렸다.

마차 안.

백운회를 가운데 두고 초지명과 폭혈도가 나란히 앉고, 맞은편에 마령검과 풍운, 그리고 수라마녀가 자리했다.

무거운 분위기가 흐르는 가운데 풍운이 어깨를 으쓱하며 바로 앞에 있는 백운회에게 말을 건넸다.

"호랑이 입에 머리를 들이밀고 있는 기분인데요?"

그 말에 백운회가 미소 지었다.

"마인도 사람, 쓸데없는 걱정은 하지 마라."

폭혈도가 거들었다.

"내가 천 공자와 친분이 좀 있거든. 그러니 긴장 풀어.

천 공자의 호위인데 우리가 해코지를 할까? 흐흐흐."

마령검이 무뚝뚝한 어조로 끼어들었다.

"늦었지만 할 말은 해야겠지. 도와줘서 고맙소. 정파인으로 어려운 결정이었을 텐데. 나중에 그대의 도움을 갚을 날이 온다면 잊지 않겠소."

그의 말투가 더없이 딱딱하자 수라마녀가 낮게 교소를 흘리며 말했다.

"호호호, 풍운 소협. 우리 마령검이 말투가 원래 저러니까 이해해요. 그런데…… 정말 스물한 살 맞나요?"

이미 배를 타고 오면서 인사를 나눈 초지명은 침묵했다.

풍운은 머리를 긁적이다가 아직까지 복면을 쓰고 있음을 깨달았다. 풍운이 복면을 벗자 수라마녀가 손을 들어 뺨을 어루만졌다.

"어머, 이 탱탱한 피부 좀 봐. 스물한 살 맞네."

풍운이 당황해 멋쩍어하자 마령검의 눈빛이 착 가라앉았다.

"누님, 장난이 심하십니다."

"호호호, 너 질투하는 거야?"

마령검이 입술을 꾹 깨물었다가 인정했다.

"예. 그러니 그만하세요."

그가 순순히 인정하자 수라마녀가 기쁜 낯빛으로 손을

거뒀다. 마치 마령검이 질투해 주길 바랐다는 표정이었다.

풍운이 황당한 듯 낮게 웃으며 입을 열었다.

"하하하, 정신이 없네요. 뭐랄까, 내가 기대한 마인들의 모습과는……."

초지명이 마차에서 처음으로 입을 열었다.

"기대한 모습? 훗, 그건 너희 정파가 세상에 각인시킨 모습이겠지. 대종사께서 말하셨듯이 우리도 사람일 뿐이다. 너희 정파인들이 광기에 사로잡힌 몇몇 마두를 과장해서 마인 모두를 악마라 선전한 것이지."

백운회가 손을 들어 초지명의 말을 제지시켰다.

"흑랑대주, 쓸데없는 논쟁을 벌일 필요는 없을 것 같은데. 풍운은 우릴 도왔소."

"……."

"그리고 사실 풍운은 정파라고 할 수 없을 거요."

그의 말에 사람들이 고개를 갸웃거렸다. 백운회가 풍운을 보며 싱긋 웃었다.

"안 그런가?"

"예. 저는 천류영파라니까요."

풍운은 전혀 긴장하지 않은 얼굴로 응수했다. 만약 칼부림이 난다면 자신은 죽은 목숨이다. 그러나 그는 천류영으로부터 들어 천마검을 잘 알고 있었다.

또한 작년에 본 천마검과 초지명의 모습을 똑똑히 기억

하고 있었다. 이들은 마인이지, 악당이 아니었다.

백운회가 고개를 저으며 말을 받았다.

"천류영파……. 후후후, 꽤 괜찮은 말이야. 하지만 내가 한 말은 그런 뜻이 아니야."

"……?"

"천궁을 정파라고 할 수는 없잖나. 출도하면 정파와 사파를 가리지 않고 도장 깨기를 하는 곳이니."

백운회가 천궁을 언급하자 마차 안이 잠깐 정적에 빠졌다. 초지명이 낮은 신음으로 정적을 깨며 말했다.

"으음, 그래서 그렇게 빨랐던 건가?"

마령검이 고개를 저었다.

"천궁의 출도는 아무리 빨라도 마흔 살은 넘어야 가능한 것으로 알고 있습니다."

백운회가 묘한 미소로 풍운을 보며 대꾸했다.

"지금까지 그랬다고 앞으로도 그럴 것이라는 선입견을 가져서야 진실을 볼 수 없지."

"……."

"특히 풍운 같은, 유래를 찾아보기 어려운 천재에게 그런 것은 더더욱 의미가 없고."

모두의 시선이 풍운에게 향했다. 풍운은 어깨를 으쓱하고는 입을 열었다.

"천하의 천마검에게 너무 밑천을 다 보였네요."

아까 초극쾌를 보여준 것을 말하는 것이다. 백운회가
말을 받았다.

"그래서 네가 더 마음에 든다. 나와 결투할 생각이면서
도 네가 가진 절초를 가감 없이 보여준 것이. 진심으로 놀
랐다. 초극쾌를 보게 될 줄은 상상도 못했어."

무림 역사상 초극쾌를 펼친 인물은 딱 한 명이다. 천궁
의 개파 시조, 무섬객.

설사 절대 고수라도 풍운이 초극쾌를 펼칠 수 있다는
것을 미리 알지 못한다면 초반에 궁지로 몰릴 수밖에 없
다. 운이 없으면 최초의 초극쾌에 목숨을 잃을 수도.

초지명과 폭혈도, 그리고 마령검과 수라마녀의 얼굴에
경계심이 흘렀다.

풍운이 육존을 해치운 초극쾌를 그들은 멀리 떨어져서
정확히 보지 못했다. 아무래도 천마검에게 이목이 집중될
수밖에 없었으니까.

단지 천마검을 상대하느라 육존이 방심했다고 생각했
다. 물론 그럼에도 대단한 쾌검이라고 생각했지만, 설마
하니 초극쾌일 줄은 상상도 못한 것이다.

풍운은 백운회의 시선을 담담히 받으며 말했다.

"내 밑천을 보여준 두 가지 이유가 있어요."

그는 말하면서 미소 지었다. 조전후가 천류영을 가끔
따라 하는 것을 보면서 웃고는 했는데, 자신도 그러는 것

이 왠지 재밌었다.

"두 가지 이유라……."

"제가 초극쾌를 사용하지 않았다면 우린 아직도 유람선 주변에서 십천백지와 싸우고 있을지도 모르죠. 정파의 추격대에 포위당한 채."

"다른 이유는?"

풍운은 천마검을 계속 직시하며 잠시 침묵하다가 입을 열었다.

"자신이 있으니까."

"……?"

"내 검을 안다고 하여 막을 수 있다고는 생각하지 않으니까. 아무리 천마검이라도."

풍운의 광오한 말에 천랑대 세 조장이 발끈하려고 했다. 그러나 백운회가 다시 손을 들어 그들을 제지시켰다.

백운회는 말없이 풍운의 뜨거운 시선을 받았다. 그렇게 반 각의 시간이 침묵 속에 흘렀다.

마령검이 한숨을 쉬고 의자 아래에서 보따리를 꺼냈다.

"할 일은 해야죠."

그가 보따리를 풀자 꽤 고급스러워 보이는 비단옷들이 나왔다.

그가 사람들에게 그것들을 나눠 주자 모두가 입고 있는 옷을 벗고 마령검이 준 옷으로 갈아입었다.

풍운은 옆에서 수라마녀가 옷을 벗자 당황하는데, 마령검이 말했다.

"여벌로 두었던 건데, 당신도 갈아입으시오."

풍운은 이유가 궁금했지만 일단 옷을 갈아입었다.

그런 후 다시 반 각이 흘렀고, 이내 마차가 멈추더니 사람들이 내리기 시작했다. 풍운이 의아한 얼굴로 물었다.

"왜 내리죠?"

마차 문을 열고 내리던 수라마녀가 차가운 기색으로 말했다. 천마검을 상대로 자신 있다는 풍운의 말이 불쾌했던 것이다.

"왜? 우리와 평생 같이 가고 싶어?"

"아니, 그게 아니라……."

마령검이 답을 주었다.

"정파의 추격대를 따돌려야 하니까."

풍운은 무슨 말인지 알 수 없었지만, 일단 수라마녀를 따라 마차에서 내렸다.

그곳엔 마차를 기다리고 있는 사람들이 있었다.

역시 고급 비단옷으로 갈아입은 하유와 선지운이 그들과 얘기를 나누고는 백운회에게 다가와 고개를 끄덕였다.

하유가 말했다.

"여전히 의심하는 기색이지만, 문서를 주니 눈빛이 달라지네요."

그녀와 대화를 나눈 사람들이 마차의 마부석에 부리나케 올라타더니, 이내 마차를 몰았다.

어리둥절한 풍운을 향해 폭혈도가 말했다.

"저들은 이촌까지 쉬지 않고 달릴 거야. 족히 사흘은 죽어라 달려야 하는 거리지."

"……?"

"선착순으로 오 등 안에 드는 자들에겐 저 마차를 준다고 했지. 뭐, 저들은 이것이 졸부들의 내기라고 믿고 있고."

"아!"

풍운이 감탄하며 고개를 끄덕였다.

웃음이 절로 나왔다. 이런 사정을 모르는 정파인들은 마차의 흔적을 뒤쫓아 사흘간 고생할 것이다. 그리고 뒤늦게 속은 것을 깨닫고 허탈해서 천마검을 향해 욕설을 내뱉겠지.

백운회는 자신을 바라보는 수하들에게 이동을 명했다. 그들은 샛길로 빠진 후, 근처 포구에서 인원을 나눠 배를 타게 될 것이다.

모두가 이동하는데 백운회와 같은 마차를 탔던 이들은 풍운 앞에 서 있었다.

풍운이 주변을 두리번거리다가 어색한 미소를 머금었다.

"이별의 시간인가요? 아쉽네요."

백운회는 자신들이 달려왔던 길을 물끄러미 바라보다가 입을 열었다.

"잠깐의 시간은 될 것 같군."

"……?"

그가 마령검에게 검을 빌리고는 풍운에게 무쌍검을 내주며 말했다.

"풍운, 공격해 봐라."

"……!"

"전력을 다해라. 나는 천마검 백운회야."

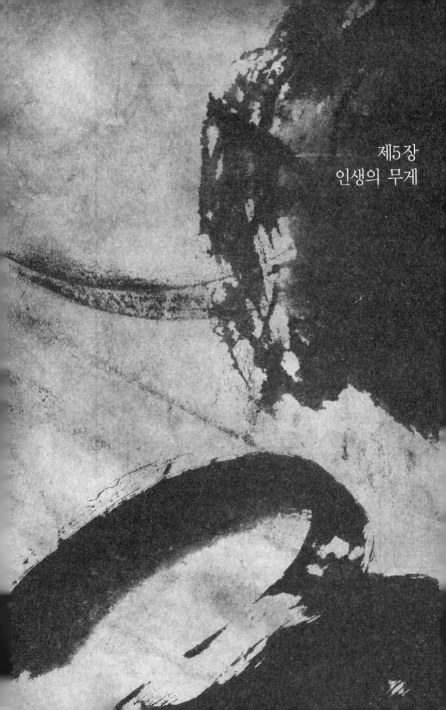

제5장
인생의 무게

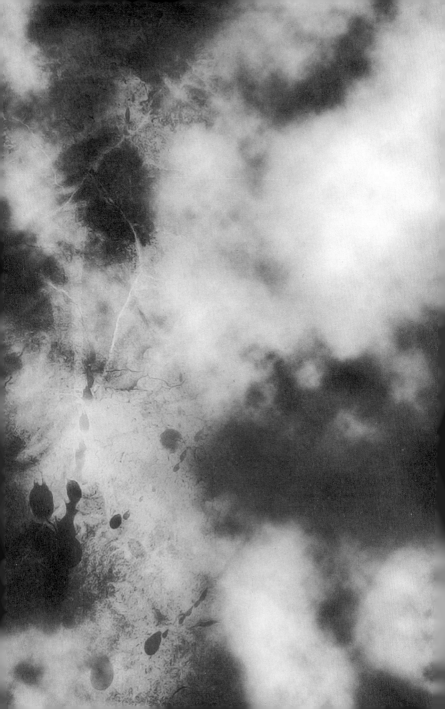

1

백운회가 결투를 선언하자 초지명을 비롯한 세 조장이
뒤로 물러났다.

얼떨결에 무쌍검을 받아 든 풍운은 당황한 기색으로 쓴
웃음을 깨물었다.

"휴우우, 솔직하게 말하자면…… 천마검 아저씨의 지금
제안이 저는 아주 마음에 들어요. 당신과 한 번 붙어보고
싶은 욕심에 마차에도 기꺼이 탄 거니까요."

"안다."

"하지만 마차에서도 고민만 하고 결정을 못 내렸어요.
그 이유는…… 아시죠? 저는 최고의 천마검과 붙고 싶거

든요. 지금처럼…… 엉망인 천마검이 아니라."

백운회가 입을 열려 하자, 풍운이 급히 말을 이었다.

"이건 제가 이겨도 이긴 게 아니잖아요?"

백운회가 고개를 저었다.

"넌 아직 절대의 경지에도 오르지 못했다."

"나는 이기어검을 펼칠 수 있고……."

"너도 아까의 십천백지의 천존들과 똑같다."

"예?"

"형(形)만 절대야. 경중의 차이가 있을 뿐. 장담하건대, 만약 내가 없었다면 너는 육존을 죽이는 데 수백여 초가 넘는 공방이 필요했을 거다. 승패가 뒤바뀌었을 수도 있고."

풍운의 얼굴이 붉어졌다.

"그 무슨! 나는 절강성에서도 이미 절대고수를 잡았어요."

"그 역시 진짜가 아녔나 보군."

"……."

"난 시간이 별로 없다. 천금 같은 기회를 이대로 날릴 생각이냐?"

풍운은 입술을 잘근잘근 깨물다가 고개를 갸웃거렸다. 분명 이층 유람선에서 천마검은 미안한 얼굴로 말했었다. 자신의 몸 상태가 최고가 아녀도 괜찮냐고. 그런데 왜 지금은 이렇게 적극적으로 나올까?

"흠, 내가 마차에서 한 말 때문에 자존심이 상했나요? 그것 때문에 무리하는 거라면 괜찮아요. 이건 누가 봐도 내가 훨씬 유리한 승부……."

백운회의 입가에 흐릿한 미소가 스쳤다. 그가 고개를 저으며 풍운의 말을 끊었다.

"너는 밑천을 보여줬고, 나는 몸 상태가 좋지 않다. 너나 나나 하나씩 불리한 패를 가졌으니 상관없다."

"똑같지 않죠. 제 칼은 알아도 막기 힘들어요. 당신이 최고의 상태라고 해도 막기에 급급할……."

"그렇게 자신 있으면 해봐. 어린아이처럼 쫑알대지 말고."

풍운의 이마에 힘줄이 솟아났다.

"어린아이처럼 쫑알……이라고요? 천류영 형님이 좋아하는 분이라서 나도 최대한 배려를 해드렸더니."

"와라. 검으로 네 말과 실력을 증명해 봐라."

풍운은 무쌍검을 옆에 내려놓고 자신의 검을 빼 들었다. 무쌍검이 천하오대명검이라고 해도 역시 익숙한 검이 편하고 좋았다.

풍운의 검에서 마치 안개처럼 흐릿한 기운이 흐르기 시작했다. 마치 폭풍 같은 기세가 그의 신형에서 뿜어져 나왔다.

반면, 백운회는 고요했다. 어떤 기운도 끌어내지 않고 담담한 표정으로 풍운을 마주했다. 하지만 지켜보는 이들은 느낄 수 있었다, 백운회의 몸 안에서 가공할 기운이 들끓으며 갈무리되고 있음을.

그와 동시에 풍운이 자리에서 사라졌다.

팟! 파앙.

없어진 순간, 그가 있던 자리에서 공기가 펑! 터지는 소리를 내며 바람을 일으켰다.

대기가 풍운의 속도를 감당하지 못하고 폭음을 터트린 것이다.

초지명과 천랑대의 세 조장의 눈이 부릅떠졌다.

절정의 이형환위, 아니, 그 이상의 이형환위다. 사람이 움직이는데, 허공에 잔상조차 남지 않았다.

진짜 순간 이동이다.

초지명을 비롯한 천랑대 세 조장이 숨을 멈췄다. 이건 정말 '미쳤다'라는 욕이 절로 터져 나올 만큼 빨랐다.

풍운의 검이 천마검의 정수리를 향해 벼락처럼 떨어졌다. 왜구 총대장 겐죠와 십천백지의 육존을 제거한 그 초극쾌가 펼쳐졌다.

쩡!

시퍼런 불똥이 공중에서 피어났다.

풍운은 천마검이라면 한두 초식은 쉽게 막을 수 있을

거란 예상을 했기에 놀라지 않았다. 아니, 이미 그럴 줄 알고 잇따라 초극쾌로 압박할 생각이었다.

그런데 그의 검이 튕겼다가 되돌아오지 않았다. 손목이 끊어질 듯 시큰거리며 숨이 턱 막혔다.

"헉!"

풍운은 헛바람을 토했다. 그의 검뿐만 아니라 몸뚱어리가 뒤로 팽개쳐지듯 날아갔다.

파르르르.

그의 몸이 두 바퀴 회전하고 땅에 엎어지듯이 착지했다.

한 손과 한쪽 무릎이 땅에 닿았다.

아직도 검을 쥔 손이 경련을 일으켰다.

백운회가 그런 풍운을 보며 담담하게 말했다.

"중검(重劍)이다."

무거움.

천 근과도 같은 무거움이 풍운의 빠름을 날려 버렸다.

천마검의 말마따나 얼마나 검이 무거운지 풍운의 손목이 여전히 저릿저릿했다. 그러나 몸의 놀람보다 정신적 충격이 컸다.

세상에서 가장 빠른 초극쾌를 구사했다. 그런데 그 빠름이 무거움에 막히다니!

"어, 어떻게?"

"다시 와라."

파앗! 파앙!

다시 풍운의 신형이 사라졌다가 나타났다.

그의 검이 움직이는데, 파공성이 없었다. 아니, 없는 게 아니다. 검이 지독하게 빨라 파공성이 뒤늦게 터지는 것이었다.

백운회의 검이 마중 나왔다. 그런데 그 검이 이상하게 매우 느리게 보였다. 이래서야 풍운의 검이 먼저 백운회의 몸을 찢을 것만 같았다.

그런데 풍운의 섬전 같은 검은 백운회의 얼굴 앞에서 느린 검에 막혔다.

쩡!

그와 동시에 백운회의 발이 풍운의 배에 쑤셔 박혔다.

퍼억!

"큭!"

풍운의 몸이 삼 장여를 날아갔다가 땅에 떨어져 한 바퀴 굴렀다가 일어났다.

흙투성이가 된 풍운이 얼굴을 바르르 떨며 이를 악물었다.

"어떻게?"

백운회는 담담하게 말했다.

"만검(慢劍)이다."

가히 느림의 미학이라고밖에 다른 표현이 떠오르지 않았다. 백운회의 검은 느렸지만, 공간을 자신의 것으로 만들어 버렸다. 상대의 빠름까지 자신의 느림에 맞춰 버린 것이다.

초지명과 천랑대 세 조장도 숨을 죽이고 지켜보았다.

자신들도 천마검과 제법 비무를 했다. 물론 한 번도 이긴 적은 없지만, 지금은 그것이 중요한 것이 아니었다.

지금 천마검은 검의 가장 기초로 최상승의 묘리를 보여주고 있는 것이다.

그것도 세상에서 가장 빠른 초극쾌와 맞서서.

풍운이 불신의 얼굴로 부르르 떨다가 중얼거리듯이 말했다.

"이, 이럴 수는 없어."

백운회가 다시 말했다.

"와라."

말이 떨어지기 무섭게 풍운이 자리에서 사라졌다.

파앗, 퍼엉!

다시 풍운의 검이 천마검의 몸을 쓸었다. 그것을 본 백운회의 눈이 빛났다.

'더 빨라졌다!'

백운회의 검이 움직이는데, 수십여 개의 검영이 피어났다.

슈가각!

퍼퍼퍼퍼어어어엉, 쩡!

폭음, 폭음, 폭음, 폭음, 폭음, 그리고 쇳소리.

찰나라고도 할 수 없는 순간에 일련의 소음들이 터졌다. 그래서 사람들의 귀에는 그냥 마지막의 쇳소리만 크게 들렸고, 그 뒤로 폭음의 잔향이 흘렀다.

풍운은 망연자실한 얼굴로 고개를 내렸다. 천마검의 검첨이 자신의 옷을 뚫고 들어와 심장 위 가슴을 살짝 찢었다.

백운회가 말했다.

"변검(變劍)이다."

무수한 변화가 빠름을 잇달아 쳐내며 저지시키고, 목숨을 끊을 한 방의 수가 마지막에 덮쳐 온 것이다.

쨍그랑.

풍운이 들고 있던 검을 힘없이 떨어트리며 입술을 질끈 깨물었다. 자신의 빠름이 하나도 먹히지 않았다.

주변 공간을 모두 장악한 천마검.

자신은 그것을 빠름으로 찢으려 했지만, 철저하게 실패했다.

천마검은 자신의 검로를 간파하고 미리 움직였다. 그걸 피해 검로를 변경하면 초극쾌의 장점은 사라진다.

철저하게 농락당한 절망스러움에 몸이 떨렸다.

백운회가 그런 풍운을 보며 입을 열었다.

"검을 주워라."

풍운은 붉어진 눈동자로 가만히 서 있었다. 백운회가 다시 말했다.

"초식을 펼쳐 봐라."

풍운은 고개를 떨어트렸다가 다시 들고는 말했다.

"어차피……."

차마 말을 잇지 못했다, 다시 덤벼봐야 질 거라는 말을. 이렇게까지 참혹할 정도로 누군가에게 깨진 것은 강호 출도 후 처음이었다.

백운회는 무심한 눈으로 풍운을 보다가 들고 있던 칼을 마령검에게 던져서 돌려주었다. 그러고는 풍운이 떨어트린 검을 주워 그의 손에 쥐어 주었다.

"자만하지 마라."

풍운은 백운회를 보면서 대꾸했다.

"당신도…… 오만하잖아요. 스스로 무적이라고 말하고, 패왕의 별이 될 거라고 말하고……."

풍운이 소문으로 들은 것들을 언급하며 반박하자 백운회가 엷은 미소를 지었다.

"너는 그러면 안 된다."

"왜죠? 왜 당신은 광오해도 되고, 나는 그러면 안 되죠?"

"나는 장수고, 너는 호위이기 때문이다."

"……?"

"내 말 한마디에 수많은 이들이 용기를 낼 수도 있고, 좌절할 수도 있다. 나는…… 두려워할 자격이 없다."

"……!"

"그러나 너는 호위다. 네가 오만해지면 천류영이 위태로워진다. 네가 지나치게 자신감에 차 있으면 은밀한 위험이 천류영을 덮칠 것이다. 너는 강해서 살겠지만, 천류영은 죽을 수 있다."

풍운은 천마검의 말에 일리가 있다는 것을 깨달았다. 그러나 너무 무기력하게 패한 스스로가 괴로워서 딴죽을 걸었다.

"나는 당신처럼 천하를 무대로 활개를 치면 안 된다는 겁니까? 나는 호위 수준밖에는 안 된다는 겁니까?"

"호위…… 그것도 너에겐 버겁다."

"……!"

"최고가 되려는 자는 그 자리가 주는 무게를 감당해야 한다는 말이 있다. 그런데 너는 어떤 무게도 스스로 감당하고 싶어 하지 않는다. 그게 네 검에서 느껴진다."

"내 검에서 뭐가 느껴진다는 겁니까? 말도 안 되는 궤변……."

백운회가 풍운의 말허리를 끊었다.

"네 재능은 정말 대단하다. 네가 계속 정진한다면 십년 후엔, 그러니까 지금의 내 나이 때는 동수를 이룰 수도 있겠지. 그리고 이십 년 후에는 나를 능가할 수도 있을 테고."

"……."

"그러나 지금의 네 검은 철저하게 방관자의 그것이다. 삶의 무게가, 처절함이 없다. 혼이 없단 얘기다. 하늘이 내려준 어마어마한 재능이 있지만, 넌 그 재능 속에서 그냥 머물고 있다. 묻겠다. 너는 진심으로 목숨을 걸어본 적이 몇 번이나 있는가."

"……."

"나는 늘 목숨을 건다."

"……."

"네가 지켜야 하는 천류영도 그랬다. 칼질 한 번에 목숨을 담고 휘둘렀다. 녀석의 칼질 한 번, 그 한 번에 인생의 무게와 처절함이 짙게 풍겼다. 나는 그것을 항주에서 온몸으로 느꼈지. 물론 그 녀석이 아무리 노력해도 네 재능을 넘어설 수는 없을 거다. 인생이란 그렇게 불공평하지. 하지만 잊지 마라. 네 검에 인생의 무게와 목숨이 실리지 않는다면, 너는 무사가 아니다. 죽는 날 천하제일고수라 이름을 날린다 해도 너는 네 삶에 만족하며, 웃으며 눈을 감지 못할 거다."

"무사가 아니라고요? 그깟 무사니 뭐니 하는 건 관심도……."

풍운은 말을 하다가 흠칫하고 멈췄다. 방금 자신의 말에서 천마검이 지적한 것을 깨달은 것이다. 그러자 많은 것들이 머릿속에서 폭죽 터지듯 떠올랐다.

천류영이 치열하게 수련과 논일을 병행하던 시간들. 자신은 그 대부분의 시간을 구경만 하며 보냈다. 호위를 선다는 핑계로 귀찮은 일은 피했다.

세상과 사람을 대해온 많은 기억의 편린들.

거의 매번 기분이 내키는 대로 움직였다. 그 속에 삶의 무게나 처절함은 단 한 번도 없었다.

백운회가 미소로 말했다.

"재미로만 사는 것도 나쁘진 않겠지. 천류영이 죽거나 감당 못할 일이 터지면, 책임을 지지 않고 떠나면 되니까."

"……."

"하지만 나는 네가 천류영과 같은 곳을 바라보며, 그 녀석이 지고 있는 짐을 진심으로 나눴으면 좋겠다. 단순히 천류영을 좋아해서 지지하는 것이 아니라, 그것을 넘어서서 세상을 같은 마음으로 바라보려고 노력했으면 좋겠다. 검봉 독고설처럼."

백운회가 손을 들어 풍운의 어깨를 가볍게 툭툭, 치고

는 돌아섰다.

풍운은 그가 걸어가는 모습을 보다가 등을 향해 물었다.

"천마검 아저씨, 왜 나한테 이렇게 잘해주는 거죠?"

백운회가 피식 웃고 답했다.

"아까 빚졌잖아."

"다음에 만날 때는 이렇게 안 깨져요!"

"알아."

대답하는 백운회의 입가로 피가 흘러나왔다. 초지명과 세 조장은 그것을 보았지만, 침묵하며 움직였다.

풍운이 다시 빽! 소리 질렀다.

"진짜예요. 나, 앞으로는 진짜로 할 테니까, 단단히 각오하라고요. 다음엔 당신 목을 내가 벨 수도 있다고요."

백운회가 다시 대꾸했다.

"안다고."

"겁나지 않아요?"

"말했잖아. 나는 늘 목숨을 걸었다고."

"……."

"그렇게 살아왔다."

풍운은 제 앞에 떨어진 검을 보았다.

무쌍검.

그는 그 검을 줍고 외쳤다.

"마지막으로 하나만 묻죠. 왜 그렇게 항상 목숨을 걸면서까지 살죠? 그렇게까지 패왕의 별이 되고 싶은 건가요?"

순간, 백운회가 발을 멈췄다. 그는 입가로 흐르는 피를 닦고 고개를 들었다.

눈부신 창천.

"화가 나니까."

예상하지 못한 답에 풍운이 눈만 껌뻑거렸다. 백운회가 말을 이었다.

"이 세상의 부조리와 부패, 그리고 악에 화가 나니까. 나는 그게 협(俠)이고, 패왕의 별이라고 생각한다. 잘못된 것을 보면서 분노하는 것."

"……."

"그건 천류영도 마찬가지야. 불의와 맞서 싸워 정의를 세우고 싶어 하니까. 고통 속에 사는 사람들의 눈물을 닦아주고 웃게 만들고 싶으니까."

백운회 일행이 다시 움직였다.

풍운은 점점 멀어져 가는 그들을 물끄러미 보다가 쥐고 있던 무쌍검을 힘껏 던졌다.

그 검이 포물선을 그리며 날아가 백운회 일행 앞으로 떨어졌다.

풍운이 소리쳤다.

"그 검 가져가요!"

백운회가 그 검을 바라보는데, 풍운이 계속 외쳤다.

"괜히 싸우다가 검이 깨져서 위험에 빠지지 말고. 천하의 천마검이 창피하게."

백운회가 피식 웃으며 중얼거렸다.

"역시 재미있는 녀석이야."

*　　　　*　　　　*

고함과 비명이 울리는 전장.

결심을 굳힌 천류영은 이제 백여 명도 남지 않은 서문세가의 무사들을 보았다. 그들은 급한 대로 원진(圓陣)을 꾸려 십천백지와 친황대를 상대로 칼을 휘둘렀다.

명문 팔대세가인 서문세가의 정예 중 지금까지 살아남은 이들이라 그런지, 악착같은 데가 있었다.

그러나 힘의 불균형은 쉽게 넘어설 수 있는 것이 아니었다. 그렇게 서문세가는 종말을 향해 치닫고 있었다.

십천백지나 친황대는 그들을 이미 끝낼 수 있음에도 불구하고 천천히 학살하고 있었다. 그건 수많은 군중 앞에서 자신들이 그들을 위해 대신 싸우고 있다는 것을 계속 각인시키기 위함이었다.

천류영은 주변을 훑었다.

미려가 가까이 있고, 친황대의 삼십여 기마병이 주변을 둘렀다.

그건 혹시 모를 위험에서 천류영을 지키려는 것으로 보였다. 그러나 천류영은 자신이 인질이라는 것을 모르지 않았다.

십존이나 미려는 자신이 여기를 빠져나가 군중과 합류해 엉뚱한 소리를 할까 경계하는 것이었다. 그래서인지 미려가 했던 말을 연신 되풀이했다.

"괜한 객기 부리지 말라고. 너를 위해 목숨을 건, 저 힘없는 사람들이 도륙당하는 것을 보기 싫다면."

천류영은 이십여 장 거리에서 독고설을 포함해 여러 지인들이 입술을 깨물고 있는 것을 보았다. 그들도 짐작하고 있는 것이다, 지금 자신이 인질 아닌 인질이 되어 있음을.

그래서 쉽게 나설 수 없는 것이다. 자칫 자신이 잘못될까 저어하기에.

천류영은 자신이 팽개친 검을 주워들었다. 그걸 본 미려가 실소를 흘리며 말했다.

"왜 버렸던 검을 줍는 거지? 설마 우리와 싸우려는 건 아닐 테고……."

미려나 십천백지, 그리고 친황대의 무사들은 천류영이 칼을 가지고 있는 것에 대해 전혀 개의치 않았다.

무공에 입문했다는 소문을 들었지만, 그래서 뭐?

삼류도 까마득한 삼류일 것이 자명한데 왜 신경 쓰겠는가. 그래서 천류영에게서 검을 빼앗지도 않았었다.

더구나 지금 천류영의 몸 상태는 최악이라는 말로도 부족했다. 고문과 매타작으로 서 있는 것조차 힘들어 보였다.

천류영은 검을 쥐고 크게 심호흡했다. 그러고는 고개를 돌려 독고설을 보았다.

이십여 장의 거리를 두고 둘의 눈이 마주쳤다.

내공으로 안력을 끌어 올린 독고설은 순간 몸을 부르르 떨며 입술을 떨었다. 그녀가 고개를 저었다.

'안 돼요. 제발.'

그녀의 눈에 습막이 퍼져 나갔다.

천류영이 환하게 웃었다. 고문으로 깨지고 엉망이 된 얼굴로 빛나는 미소를 머금었다.

독고설 주변에 당도해 있는 독수 당철현과 낭왕 방야철, 그리고 팽우종도 천류영의 그 미소를 보고 흠칫 몸을 떨었다.

천류영은 다시 한 번 심호흡을 하고 고개를 들어 하늘을 보았다.

창천.

하늘은 왜 이리 푸른가.

악은 이렇게 강하고 질긴데, 멋대로 활개 치고 위기에 처해도 오히려 뻔뻔하게 나오는데, 왜 당하는 사람은 오히려 눈치를 살펴야 하는가.

그의 표정이 심상치 않은 것을 본 미려가 눈살을 찌푸리며 입을 열었다.

"인상 펴고 웃어. 괜한 생각 말고. 다시 말하지만, 너를 위해 몰려온 사람들 다 죽는 꼴 보기 싫으면. 물론 그 전에 네 심장이 갈가리 찢겨지겠지만."

천류영이 그녀를 보며 흐릿한 미소를 머금었다. 그러고는 차분하게 말했다.

"화가 납니다."

"뭐?"

"당신들의 후안무치에 화가 납니다."

"무림서생……."

"악과 타협하지 않겠습니다. 설사 그 과정에서 많은 선량한 이들이 희생당하더라도 포기하지 않을 겁니다."

"너 지금 무슨 말을 하는 거야?"

"왜냐하면…… 내가 당신들의 협박에 굴복하면, 목숨을 걸고 여기까지 온 저 사람들의 진심을 저버리는 게 되니까요."

미려의 뺨이 분기로 부들부들 떨렸다. 지켜보는 눈들이 많아서 미소를 유지하려 했지만, 그것이 쉽지 않았다.

주변의 친황대원 서른 명도 눈살을 찌푸렸다.

천류영이 목을 천천히 한 바퀴 돌리고 다시 심호흡을 했다. 많은 피가 흐를지도 모른다. 그렇게 피와 눈물과 탄식이 있는 길이라도 안고 가야 한다.

천류영이 한 발을 앞으로 내디뎠다. 그러자 미려가 고개를 절레절레 젓고 낮게 교소를 터트렸다.

"호호호, 정말이지, 이래서 머리 좋은 놈들은 까다롭다니까."

그녀는 한숨을 내뱉고 바로 말을 이었다.

"좋아, 뭘 원하지? 자리보전? 해주지. 아니, 승진시켜주지. 그리고 돈도 원하나? 얼마면 되는데?"

천류영이 다른 발을 내디디다가 비틀거렸다. 그 모습에 경계의 기색을 보였던 친황대원들이 실소를 흘렸다. 미려도 이마에 손을 얹고 다시 한숨을 뱉고 말했다.

"알았으니까 원하는 걸 말하라고. 친황대주도 네 소원 하나를 들어준다고 했지? 나도 네놈이 원하는 것을 어떤 것이라도 하나……."

천류영이 다시 독고설을 보았다.

"설아!"

그의 외침에 독고설이 이를 악물었다. 그러나 이번엔 고개를 젓지 못했다. 그녀가 울음을 참고 고개를 끄덕이며 말했다.

"원하는 것을…… 하세요."

그녀도 발을 내디뎠다. 반드시 구해낸다, 그가 다치기 전에. 그녀의 단전이 미친 듯 회전을 시작했다.

천류영이 외쳤다.

"내가 잘못되면 화장해서 먼 바다에 뿌려줘! 이 검과 함께!"

그의 고함에 수많은 사람들의 이목이 집중됐다. 그리고 보았다. 비틀거리던 천류영이 미려를 향해 달려드는 것을. 거의 동시에 독고설도 앞으로 화살처럼 폭사했다. 그녀를 뒤따라 주변의 무사들도.

미려의 눈이 치켜 올라갔다.

무공에 젬병인데다가 제 몸 가누기도 힘든 무림서생이 정말 달려들 거라고는 상상도 못했기에. 뭔가를 더 얻어내려는 술책이라고만 판단했다. 지금껏 모든 사람들이 그랬으니까.

"미, 미친!"

그녀가 급히 검을 빼 들며 외쳤다. 그리고 그와 똑같은 고함이 천류영의 뇌리로 파고들었다.

[미친!]

천류영이 쥐고 있는 검이다.

음성 하나가 아니었다.

노인, 여인, 중년 사내, 청년.

수많은 목소리가 천류영의 고막 속으로 파고들었다.

[혼자 뒈져!]

[먼 바다? 지금 검을 협박해?]

[뭐, 이딴 놈이 있어? 그냥 거래하자니까!]

[아니, 무슨 이런 개 같은!]

천류영은 소음에 아랑곳하지 않고 미려를 향해 도약했다. 짐작도 못하고 있다가 뒤늦게 반응한 친황대원들이 기겁하며 움직였다.

그리고 천류영의 검이 미려의 머리를 향해 떨어졌다. 미려도 힘껏 검을 올려쳤다.

그 광경에 수많은 사람들이 눈을 치켜뜨며 입을 쩍 벌렸다.

2

설마 했던, 아니, 설마라는 생각조차 하지 않던 일이 실제로 벌어졌다.

천류영이 미려를 향해 달려들다니!

서문세가의 무사들을 포위한 채 지휘하던 친황대주는 자신도 모르게 빽! 소릴 질렀다.

"아가씨! 그를 죽이면 안 됩니다!"

십존도 동시에 외쳤다.

"미려, 생포해라! 놈을 인질로 잡아!"

죽은 서문가주가 제안했던, 무림서생을 인질로 잡아 빠져나가는 방법.

그건 분명 상책이 아닌 하책이었다.

친황대주의 말마따나 흥분한 군중을 더욱 자극할 위험이 높았다. 그러나 무림서생이 저렇게 비협조적으로 나온다면 어쩔 수 없이 하책을 쓸 수밖에 없다.

그래서 십존은 울화통이 터졌다.

자존심을 지키기 위해 하책을 쓰지 않았다. 아까웠지만 천여 명이나 되는 서문세가의 따까리들을 정리하는 중이었다.

그런데 천류영이 저렇게 나오니 자신이 내린 선택이 물거품이 되어버린 것이다. 그야말로 머저리 같은 짓을 저질러 버린 꼴이 되었다.

분기로 인해 뒷목이 뻣뻣해질 정도였다.

'무림서생, 감히 나를 물 먹이다니! 네놈은 언제가 됐든 내 손으로 반드시 죽인다.'

빙봉 모용린도 천류영의 뜻밖의 행동에 경악했다. 찰나의 순간, 수많은 가정이, 그리고 그에 따른 결과들이 그녀의 머릿속에서 폭발하듯 나열됐다.

이건 좋지 않다.

천류영이 인질이 될 공산이 가장 높았다.

운이 없으면 죽을 수도 있다. 설사 어찌어찌해서 그를 구해내고 십천백지와 친황대를 상대로 싸운다 해도 문제는 크다.

친황대는 황궁의 전력이다. 즉, 이곳에 있는 군중들이 반역도로 몰릴 위험이 있었다. 단순히 무림의 일로 끝낼 수 없게 된다.

이런 것을 과연 다른 사람도 아닌 천류영이 모를까?

분명히 안다. 그럼에도 그는 지금 이 무모한 싸움에 몸을 던지고 있었다.

대체 왜?

불현듯 반년 전, 천류영이 절강성 분타주 자리를 받아들이고자 무림맹 총타에 들어설 때가 떠올랐다. 그가 마차 안에서 자신에게 했던 말이.

"큰 힘에는 큰 책임이 따르듯이, 높은 자리엔 책임과 더불어 희생이 필요하다고 믿습니다. 나는 지금 전진을 선택했고, 계속 앞으로 나아갈 겁니다."

그랬다.

천류영은 어려운 상황에서도 악과 타협하지 않고 전진을 선택한 것이다. 스스로 가장 선두에서 이번 일을 책임지고 이끌겠다는 의지를 내보인 것이다.

모용린은 손으로 이마를 짚으며 휘청거렸다.

조전후나 장득무, 화가연, 그리고 주작단이 천류영을 구하려 달려가고 있었다. 절강 분타의 무사들이 그 뒤를 따라 뛰었다.

그러나 모용린은 방금 깨달은 사실의 무게에 압도되어 숨을 쉬는 것조차 어려웠다.

천류영의 선택은…… 나중에, 이곳에 있는 수십만의 목숨이 사라질 수도 있는 일이다. 절강성이 초토화될 수도 있다. 그 어마어마한 무게를 지금 천류영은 홀로 짊어지고 앞장선 것이다.

천류영이 악당이라면 모를까, 이 짐은…… 특히 뒷감당은 그에게 너무 무겁고 가혹할 것이다.

모용린의 입에서 나직한 말이 흘러나왔다.

"대체 왜 그렇게까지……. 그냥 인질로 있다가 저들의 퇴로를 열어주는 조건으로 빠져나오면 될 것을. 그럼 당신은 안전할 텐데……."

그녀는 혼잣말을 하다가 답을 깨달았다.

지금 십천백지와 미려를 이렇게 굴욕감을 안고 돌아가게 한다면, 그들은 전력으로 이곳을 부수러 올 것이다. 어차피 이곳의 모든 사람들을 반역도라 몰아세울 것이다. 그렇게 절강성은 다시 희망과 웃음을 잃고, 하늘도 버린 땅으로 돌아가고 말 것이다.

천류영은 그것을 막기 위해 최악의 몸 상태에서도 칼을 든 것이다.

모용린은 고개를 절레절레 흔들었다.

"모르겠네요. 결론이 어떻게 나든 이 뒷감당을 당신은 어떻게 하려는 것인지."

어쨌든 그녀는 자신이 지금 할 수 있는 일을 하기 위해서 검풍대를 호위로 친황대에 접근했다.

쩌엉!

천류영과 미려가 충돌했고, 천류영이 뒤로 예닐곱 걸음 밀려났다. 그리고 미려도 세 걸음을 물러섰다.

미려의 입에서 아연한 음성이 튀어나왔다.

"어, 어떻게?"

그녀는 초일류를 넘어선 특급 고수다. 강호무림에서 활동했다면 유명 후기지수 중에서도 최상위에 속할 실력이었다.

더구나 무수한 영약을 먹어 상당한 내공을 지니고 있었다. 공력만 따지면 절정고수 못지않았다. 그런데 고작 일년 몇 개월 전에 무공에 입문한 무림서생을 상대로 자신이 뒷걸음질 치다니!

부르르르.

그녀는 아직도 떨리는 자신의 손목을 보았다. 분명 천

류영의 검은 표홀하게 다가왔는데, 충돌했을 때 전해진 느낌은 반대였다.

묵직함. 아니, 단순히 무겁다는 말로 치부할 수 있는 정도가 아니었다. 자신에 뒤지지 않는 실력의 무사가 일합에 혼신의 전력을 쏟아낸 것 같았다.

"너, 너, 무공을 숨기고······."

그녀는 말꼬리를 흐렸다.

그럴 리가 없다. 무림서생은 작년 봄까지 표국의 쟁자수에 불과했다.

천류영은 온몸의 근육이 아우성을 질러 대는 듯한 착각을 느끼면서도 다시 발을 내디뎠다.

파파파팟!

그의 검끝이 미려를 찔러 댔다. 미려는 눈을 치켜뜨고 숨을 들이켜면서 다시 물러났다.

믿기지 않지만, 천류영의 검첨은 자신이 가장 막기 어려운 곳을 연신 노려왔다. 마치 검을 들고 있는 자세만으로도 취약한 곳이 보인다는 듯이!

쨍, 쨍쨍쨍!

그녀의 검이 파고드는 천류영의 검을 잇달아 쳐 댔다. 그러면 당연히 천류영의 검은 튕겨 나가야 한다. 그러나 천류영은 이를 악물고 튕겨 나가는 검을 곧바로 회수했고, 그 즉시 검을 찔러 넣었다.

검파를 쥔 천류영의 손아귀. 굳은살이 잔뜩 박였음에도 일부가 찢어져 피가 뚝뚝 떨어졌다. 하지만 그는 아랑곳하지 않고 미려를 향해 계속 공격했다.

미려의 눈이 표독해지며 얼굴에 흐르는 살기가 짙어졌다. 그녀는 깨달은 것이다. 어처구니없지만, 생포를 생각하고 싸우다가는 자신이 당할 수도 있음을.

전력을 다해서 상대해야 한다. 그렇게 하지 않으면 내가 죽는다!

죽이지만 않으면 된다. 팔다리 하나 정도는 베어버린다. 반드시 중상을 입히고 만다!

미려의 단전이 미친 듯 회전하며 공력을 가득 뽑아냈다. 지금까지 육성가량으로 상대했지만, 이제부터는 십성을 끌어낼 준비를 마쳤다.

휘이익.

쩌엉!

마침내 천류영이 몸을 휘청거리다가 뒤로 몇 걸음 물러났다.

미려가 눈에 쌍심지를 켜고 천류영에게 폭사했다.

"버러지의 한계를 느끼게 해주마!"

히이이힝.

서른 친황대원이 말을 몰아 독고설 일행을 막아섰다.

하지만 그들의 얼굴엔 난감한 기색이 흐르고 있었다. 하필 최선두에서 달려온 인물이 독고설이었기 때문이다.

경국지색의 미(美).

역사는 말한다.

압도적인 미녀는 세상과 역사를 바꿀 수도 있다고.

특히나 친황대원들은 무림인이 아니다.

정파나 사파, 그리고 마교의 관계처럼 앙숙이 아니었기에 독고설처럼 아름다운 여인을 죽이는 건 별로 내키지 않았다.

진심으로 그녀를 죽이고 싶은 생각이 없기에 내뻗는 창에 전력이 실리지 않았다. 그저 미려가 천류영을 생포할 때까지 접근을 허용하지 않겠다는 소극적 대처였다.

그리고 그 안일함은 치명적 결과로 돌아왔다. 독고설과 뒤따라오는 이들은 절박했다. 천류영을 구할 수만 있다면 자신들의 목숨을 내놓아도 상관없을 정도로.

쇄애애액! 빙그르르.

세 개의 창이 독고설을 찔러 오는 가운데, 그녀의 몸이 회전하며 창을 흘렸다. 세 개의 창을 빠져나가는 그녀의 신법이 어찌나 자연스러운지, 근처에서 바라보던 친황대원마저 입을 쩍 벌릴 정도였다.

파팟.

그녀의 검이 좌우로 움직이며 말의 옆구리를 슬쩍 베

었다.

히이이힝.

두 마리 말이 앞발을 번쩍 치켜들며 고통을 호소했다.
말 위에 있던 친황대원들이 굴러 떨어지는 순간, 낭왕과
팽우종이 들이닥쳤다.

스걱! 서걱!

"으아아악!"

"끄아악!"

주인 잃은 말이 옆구리에 이는 고통으로 펄쩍펄쩍 뛰면
서 전열을 흐트러뜨렸다. 그 사이로 속속 무사들이 진입
했다.

그때, 거대한 함성이 하늘을 뒤흔들었다.

"으아아아아아아!"

갑작스러운 천류영의 싸움에 이해를 못하던 군중이 마
침내 폭발한 것이다. 그들에게는 지금 상황이 어떻게 돌
아가는지가 중요한 것이 아니었다.

오로지 하나!

천류영의 생사에 집중했다. 그의 안전을 위협하는 건
모두 적이었다. 멈춰 있던 거대한 사람의 물결이 노도처
럼 진격했다.

쨍, 쨍쨍쨍쨍쨍쨍!

미려의 검이 미친 듯이 천류영을 난도질했다. 그러나 그 모든 공격은 철저하게 봉쇄되었다.

"죽어, 죽어어어! 제발 좀!"

그녀는 미친 것처럼 발광했다.

짧은 순간에 삼십여 차례 내려치고 휘둘렀다. 십성의 공력으로 자신의 절기를 펼쳤다.

검풍이 불고, 심후한 공력으로 인해 검기까지 서리서리 뻗어 나왔다.

천류영은 미려의 진검을 하나도 남김없이 막아내면서 검기는 무시했다. 그 검기로 인해 옷이 날카롭게 베어져 나풀거렸지만, 몸엔 희미한 상흔만 날 뿐이었다.

바로 독고세가의 호원공(護原功) 덕분이었다.

처음 천류영이 호원공을 선택했을 때, 독고가주뿐만 아니라 많은 이들이 탄식했다. 내공을 밖으로 표출하지 못해 공격에 전혀 도움이 되지 않아 무인들의 성향과 맞지 않았기 때문이다.

그러나 심신을 보호하는 것에는 탁월한 심법이었다. 기실 천류영은 꾸준히 호원공을 익혀왔지만, 공력이 부족한 탓에 그 효과는 미비했다.

하지만 당문의 보물인 만액환단이 단전에 본격적으로 흡수되면서 호원공의 진가가 발휘된 것이다. 물론 풍운이 당문세가에서 막힌 혈도를 뚫어주었기에 가능한 일이었다.

게다가 절대고수인 겐죠와의 대결로 인한 깨달음 이후, 기(氣)에 대한 이해도가 높아지면서 만액환단의 흡수가 더욱 빨라졌다.

쨍쨍쨍, 째애애앵, 쨍쨍!

미려의 검이 계속 천류영을 강타했다. 그럴수록 미려의 가슴에 알 수 없는 두려움이 스며들었다.

이건 말이 안 된다.

지금 펼치는 공격은 자신과 비슷한 특급 고수라도 막기 버겁다. 당연히 천류영 따위는 물러나고 회피해야 한다. 그런데 이 찰거머리 같은 놈이 한 발짝도 물러나지 않고 자신의 모든 공격을 무위로 만들고 있었다. 아니, 이제는 한 발을 앞으로 내디디기까지 했다.

그렇게 계속 공격이 막히다 보니 두려워졌다. 영원히 놈의 검을 뚫지 못할 것만 같았다. 특히나 이 미친 듯한 공세를 막아내면서도 자신을 바라보는, 저 흔들림 없는 놈의 눈빛은 섬뜩하기까지 했다.

그때, 갑자기 천류영이 검을 쭉 뻗어 왔다. 미려는 그 칼을 보면서 머릿속이 찰나 하얗게 비는 듯했다.

'이건 막을 수 없다!'

자신이 검을 찔러 넣다가 베기로 변화하는 그 짧은 틈을 노리고 천류영의 검이 들어왔다.

설마…… 이 짧은 시간에 자신의 초식이 보여주는 형태를 파악했단 말인가.

불가능에 가깝다.

말도 안 되는데, 하필 그 시기가 절묘했다.

"아……."

미려는 죽음을 예감하고 탄식을 흘렸다. 그렇게 천류영의 검이 그녀의 심장을 관통하기 직전, 날아온 강기가 그녀를 살렸다.

쩌엉!

"큭!"

천류영이 고통 어린 단말마를 뱉으며 얼굴을 찌푸렸다. 순간, 어마어마한 힘이 느껴지는 검이 천류영의 칼 쥔 손을 베려 했다.

이형환위로 순간 이동해 온 십존이었다.

쩡, 까앙!

십존의 검을 두 개의 병장기가 막아섰다.

독고설의 검과 낭왕 방야철의 박도.

십존이 뒤로 넘어가는 미려를 팔로 채가며 뒤로 이 장여 물러서고는 천류영 일행을 향해 으르렁거렸다.

"감히! 정녕 죽고 싶다, 이거냐?"

미려가 그런 십존을 향해 말했다.

"그냥 놈을 잡았어야지요!"

강기로 칼을 쳐내는 것이 아니라 천류영을 노려야 했다는 말이다. 그러자 천류영 옆에 선 독고설이 이를 갈며 대꾸했다.

"그럼 네 목은 내 칼에 날아갔어!"

십존 옆에 십지 중 넷이 날듯이 달려와 좌우로 자리 잡았다. 그리고 천류영 주변으로도 독수 당철현과 팽우종이 당도했다. 또한 십존과 미려의 뒤로 조전후와 장득무, 화가연이 나란히 섰고, 서언이 이끄는 주작단도 다가왔다.

십존이 주변을 빠르게 훑고는 말했다.

"그래, 모두 죽여주마."

그가 한 발을 내디디며 진각을 밟았다.

콰콰콰콰콰아아아!

땅거죽이 터져 나가며 천류영을 향해 짓쳐 들었다. 그러나 당철현과 방야철이 천류영 앞에서 동시에 맞 진각을 밟았다.

콰아아아아앙!

폭음이 일며 흙먼지가 일었다.

십존 뒤에 있던 조전후가 빽! 고함을 질렀다.

"개자식아! 이쪽으로도 진각 밟아봐!"

장득무가 조용히 뇌까렸다.

"참으세요. 그러다 진짜 밟으면 어쩌려고요?"

"피하면 되지. 감히 우리 천 공자를 건드리다니!"

화가연이 나직하게 속삭였다.

"절대고수예요. 흥분해서 좋을 것 없어요. 자칫 단칼에 죽는다고요."

조전후가 가슴을 당당하게 폈다.

"쫄 거 없어."

장득무와 화가연이 새삼 놀랍다는 눈빛으로 조전후를 보았다. 절대고수 앞……이 아니라 뒤에서 이런 배짱을 부릴 배포를 가졌을 줄이야!

조전후는 이를 갈며 계속 으르렁거렸다.

"어차피 독수 어르신과 낭왕 대협이 상대할 테니까."

화가연이 어이없어 하는 가운데, 장득무가 눈을 빛냈다.

"그렇군요. 우리에게 한눈팔기 어렵겠네요."

"그렇지. 쫄 거 없어. 하고 싶은 말 다해. 욕해도 돼!"

그러고는 소리 죽여 진중하게 말을 이었다.

"지금 하는 장난스러운 짓들이 저들의 머리를 복잡하게 만드는 거다. 그건 집중력을 떨어트리는 결과를 가져오지."

그때, 십지 중 둘이 고개를 돌려 뒤를 보았다. 화가연이 속삭였다.

"십지니까…… 최소 절정, 아니면 초절정이겠네요."

두 초인은 왠지 이쪽을 덮칠까 말까 고민하는 듯한 표

정이었다. 그에 조전후와 장득무는 눈을 이글이글 불태우며 침묵했다. 그러다 십지가 다시 앞을 보자 조전후가 낮게 장득무에게 말했다.

"이래서 기연이 필요한 거야."

장득무가 크게 공감하는 낯빛으로 고개를 끄덕였다.

그리고 서언이 주작단과 당도해 함께 서자 조전후가 다시 욕설을 뱉었다.

"이 가증스러운 개자식들."

장득무가 맞장구쳤다.

"그냥 우리가 먼저 칠까요?"

"참아. 주인공은 나중에 나서는 거야."

그들이 그러거나 말거나 낭왕은 십존과 눈을 마주하며 말했다.

"절대고수라고? 한 번쯤 붙어보고 싶었는데, 운이 좋군. 낭왕 방야철이다."

당철현이 낮게 클클클, 웃고는 끼어들었다.

"찬물도 위아래가 있는 법이라네. 선공은 이 어른신께 양보하게나."

십존은 낭왕이란 말에 눈가를 찌푸렸다. 사람들은 세상에서 가장 많은 실전을 경험한 절정고수라고 했다. 초절정이란 말도 있었다.

어쨌든 실전 경험이 많은 자는 빨리 해치우기 어려웠

다. 점점 꼬여가는 상황에 짜증이 나던 십존이 당철현의 말에 빽! 소리 질렀다.

"독수! 네놈이 감히! 우리 밑에 들어와서 아부나 하던……."

당철현의 눈이 차갑게 가라앉으며 그의 말을 끊었다.

"나보다 새파랗게 어린 것이 감히! 하여간 너희 놈들은 예의가 없어. 그래서 내가 비원을 나왔던 거다. 그리고 이건 확실하게 하자. 나는 네놈들에게 아부한 적 없다!"

천류영이 앞으로 나섰다.

"저도 싸우겠습니다."

독고설이 한숨을 삼키고 그 옆에 붙었다.

십존은 천류영까지 나서는 모습에 이가 갈렸다.

하늘인 자신을 대체 어떻게 생각하는 건지! 겁을 상실해도 유분수지! 거기에다 뒤에서 별것도 아닌 놈들까지 욕을 해 대니 짜증이 치솟았다.

"진짜 이놈들이 다들 죽고 싶어 환장을 했구나!"

십존이 분노로 부들부들 떨다가 눈을 치켜떴다.

당철현의 양손에서 거무스름한 안개가 피어올랐다. 미려가 그걸 보고는 미간을 좁히며 침을 삼켰다.

"서, 설마 흑무독장(黑霧毒掌)?"

그녀의 물음에 십존이 눈살을 찌푸렸다.

"독인(毒人)의 경지에…… 올라섰다는 소문이 사실이

었군."

확실히 당문은 까다롭다. 아무리 절대고수라도.

십존은 입술을 잘근잘근 깨물었다. 거의 다 없애 버린 서문세가의 무사들이 아까웠다. 당문을 상대하는 최고의 방법은 수하들을 앞세워 놈들이 가지고 있는 암기나 독, 그리고 내공을 소진시키는 것인데…….

그때, 누구도 상상 못한 일이 벌어졌다.

"우와아아아아!"

어마어마한 함성과 함께 군중들이 들이닥쳤다. 천류영이 안전한 것을 눈으로 흘낏 보고는 지체 없이 앞으로 달렸다.

십존과 네 명의 십지, 그리고 미려의 눈이 찢어질 듯 커졌다.

방금 십존이 진각을 밟은 데는 이유가 있었다.

달려오는 군중들이 그것을 보고 알아서 멈추라는 경고였다. 너희들이 상상도 할 수 없는 고수들이니까 숨죽이고 구경이나 하라는 의도였다.

분명 효과는 있었다.

진각을 본 군중들의 속도가 늦춰졌으니까.

십존이나 무림인들은 그렇게 속도가 느려지다가 결국 멈춰 설 것이라고 생각했다.

어차피 민초라는 존재가 그랬다.

강한 것에 굴복하고, 눈치를 살피는 이들이다. 그러니 고수들끼리의 각축장이 되면 끼어들지 않을 것이라 여겼다. 굳이 자신들이 나서지 않아도 될 것이라고 생각하면서.

그런데 오판이었다.

물론 민초는 참는 데 익숙하다. 가진 게 없어도 참고, 아파도 견딘다. 빼앗겨도 참고, 부당한 처우에도 울며 속으로 삭인다. 자존심을 꺾는 것은 익숙하기까지 하다.

하지만 그들에게도 건드리면 안 되는 것이 있다.

그건 희망이다.

내일의 삶은 나아질 것이란 희망.

자식들의 앞날은 더 좋아질 거란 희망.

하늘도 버린 땅, 항주와 절강성의 민초들은 지옥 속에서 천류영을 통해 희망을 보았다.

그 희망이 영글어가는 시기에 천류영을 건드린 것이 얼마나 큰 실수인지 십존과 미려는 아직까지도 깨닫지 못하고 있었다. 이렇게 많은 이들이 자발적으로 나섰는데 말이다.

하긴 십존과 미려뿐만이 아니다. 이건 천류영조차 예상하지 못한 일이었다.

천류영이 다급히 외쳤다.

"멈추세요. 멈춰야 합니다! 여러분의 피해가 너무 커질 겁니다."

달리던 이들 중 한 중년인이 그런 천류영을 보며 외쳤다.

"분타주님은 우리가 지킵니다!"

"아……."

말이 통하지 않는다. 천류영도 뒤늦게 깨달았다.

지금 이들은 자신도 통제할 수 없음을!

예로부터 백성은 물과 같다고 했다. 배를 띄우기도 하지만, 그 배를 뒤집어엎을 수도 있다고.

이미 노도가 되어버린 이들은 배를 뒤집어엎기 전까지 멈추지 않을 것이다.

3

천류영이 급히 무리 앞으로 나아가려는데, 누군가가 팔을 잡아챘다.

"안 됩니다! 분타주!"

전(前) 감찰단주 왕명이다.

천류영이 팔을 뿌리치며 나아가려는데, 왕명이 울부짖듯 외쳤다.

"분타주, 피하셔야 합니다! 분타주께서는 피하셔야 해요!"

"어르신, 저들은 상상도 할 수 없을 정도로 강한 고수들입니다. 절정부터 절대고수까지……."

"그러니까 안 된다는 겁니다. 지금도 이렇게 부상이 심한데, 정말 큰일 납니다."

앞쪽에서 갑자기 비명이 폭발하듯이 터져 나왔다. 천류영이 초조해져서 외쳤다.

"어르신! 가야 합니다!"

그의 초조함만큼이나 왕명의 절박함도 깊었다.

"모르시겠습니까? 분타주님을 살리려고 이 많은 사람들이 모인 겁니다. 그런데 저놈들에게 죽게 되면 우리는 어쩌라고요!"

당철현과 방야철, 그리고 팽우종이 계속 커지는 비명 소리에 초조하게 있다가 앞으로 움직이며 말했다.

"천 공자, 자네는 할 만큼 했네."

"이제 싸움은 우리가 맡지."

"일단 안전한 곳으로 가서 부상을 치료하십시오."

천류영은 그들이 인파 속으로 사라지는 것을 흘낏 보고 왕명에게 간청했다.

"어르신, 저는 가야 합니다. 전황이 돌아가는 것을 보면서……."

왕명이 완고하게 고개를 저었다.

"정상적인 전장이 아님을 아시지 않습니까?"

그랬다. 이 광기에 휩싸인 수십만 명의 군중을 어떻게 통제할 수 있겠는가. 왕명이 곁에 있는 독고설을 보며 도움을 청했다.

"검봉도 붙잡게. 내 손에 힘이 없어서 자꾸 빠져나가려 해."

그는 울먹거리기까지 했다. 그 마음 씀씀이가 느껴져 계속 뿌리치던 천류영도 동작을 멈추고 말았다. 그러고는 진심으로 호소했다.

"어르신, 그래도 저는 가야 합니다."

"왜요? 왜 가야 합니까? 어차피 상황이 일단락되기 전까지는 통제가 안 되는 상황입니다."

천류영이 입술을 깨물었다가 속내를 털어놓았다.

"제가 싸움을 시작했으니까요."

"미려란 그 계집에게 건 싸움 말입니까?"

천류영이 고개를 끄덕였다.

"예. 제가 저들의 인질이 되어 아무 피해 없이 사태를 끝낼 수도 있었습니다. 하지만 싸워야 했어요. 지금 싸우지 않으면 나중엔 감당하기 어려울 테니까. 더 큰 고통과 절망이 기다리고 있을 테니까."

"그럼 됐습니다. 어련히 분타주께서 현명한 선택을 했겠습니까? 저나 이곳에 있는 사람들은 분타주님을 믿습니다."

"그러니까요."

"······?"

"제 선택으로 인해 많은 이들이 희생될 거라는 걸 알고 있었단 말입니다. 그러니까······ 제가 직접 봐야 합니다. 제 선택으로 인해 죽어가는 이들을 제가 기억해 줘야지요. 저로 인해 생을 달리한 이들을 제가 잊으면 안 되잖습니까?"

"······!"

왕명뿐만 아니라 독고설도 놀랐다.

전장에서 늘 차분하게 상황을 바라보는 천류영.

미소도 짓고 여유도 부렸다.

그런데 그는 죽어가는 이들도 눈에, 아니, 가슴에 담고 있던 것인가. 그렇게 죽어간 많은 이들의 인생과 삶을 짊어지고 있었던 건가.

어떻게, 어떻게 그럴 수가 있는가.

그걸 어떻게 짊어지고 살 수 있단 말인가.

이 사람······ 분명 밤마다 악몽을 꿀 것이다. 어쩌면 그 악몽이 두려워 거의 잠도 자지 않고 일하는 것일지도 모른다.

왕명과 독고설의 가슴이 바위라도 얹힌 양 먹먹해졌다. 왕명이 울며 고개를 저었다.

"그러지 마십시오. 그렇게까지 하지 않으셔도 됩니다.

전장은 그런 곳이니, 그렇게 하지 마십시오. 어떻게, 어떻게 그렇게까지……."

독고설도 천류영의 팔을 잡고 말했다.

"당신으로 인해 살아남은 사람들을 먼저 기억해 줘요. 나도, 그리고 우리 아버지와 내 동생 은이도…… 그렇게 수많은 사람을 당신이 살린 거잖아요."

십존과 네 명의 십지, 그리고 미려가 다가오는 군중을 향해 칼을 휘둘렀다.

쇄애애애액!

시퍼런 강기와 검기가 그들의 전면을 수놓으며 뻗어 나갔다.

파파파파파아앗! 퍼어어어엉!

"으아아아악!"

"끄아아아아!"

폭음과 비명이 잇달아 터지며 피 분수가 허공에 뿌려졌다. 한 번에 열댓 명의 사람들이 쓰러졌다.

십존이 진각을 밟고…….

콰콰콰콰아아앙!

네 명의 십지, 그리고 미려가 둥글게 작은 원진을 꾸려 사방을 향해 검을 휘둘렀다.

쇄애애액! 팟팟팟!

쏟아지는 강기와 검기에 사람들이 계속 비명을 지르며 고꾸라졌다.

몽둥이를 든 노파가 '우리 분타주님을……' 이라는 외침을, 뒷말을 잇지 못하고 생을 달리했다. 얼굴에 문신을 새긴, 왈패로 보이는 이가 어떤 사연이 있는지 울면서 죽어갔다.

압도적인 무력에 질릴 만도 하건대, 군중들은 멈추지 않았다. 누군가가 빽! 고함을 질렀다.

"우리 분타주님을 지키자아아아아!"

"지키자아아아아!"

모두가 '지키자'란 말을 연호하며 움직였다.

죽음을 예감한 것일까, 아니면 두려움을 극복하기 위함일까?

함성은 환호성인 동시에 절규였고, 다짐이었다.

그렇게 앞으로 가다가 고꾸라지고 넘어졌다. 쓰러진 이들이 뒤에 있는 동료에게 밟혔다. 그런데도 그들은 괜찮다며 빨리 가라고 말했다. 그리고 또다시 외쳤다.

"지키자아아아!"

동료의 시신을 넘어 전진하는 이들의 눈은 슬프지 않았다. 아니, 광기에 차 있었다. 맹수의 눈빛보다 더 뜨겁게 타올랐다.

어떤 자는 갈라진 배를 움켜쥐고, 어떤 이는 강기에 팔이 떨어질 듯 너덜너덜한데도 움직였다.

쩡쩡쩡!

무리 속에 있던 낭인이나 무림인들이 검기와 강기를 쳐내기도 했다. 그때마다 또 함성이 일었다.

"와아아아아!"

그들이 내지르는 함성이, 절규가 천지를 뒤흔들었다.

휘익, 휙휙휙휙휙.

뒤에 있는 이들이 앞쪽의 사람들을 돕기 위해 돌팔매질을 해 댔다. 누군가는 낫을 던졌고, 비수도 날렸다. 손으로 던지는 소형 화살, 척전(擲箭)도 등장했다. 그것들이 수백, 수천여 개가 잇따라 쏘아졌다.

십존과 네 호위가 공격만 할 수 없게 되어버린 것이다. 압도적인 인원이 몰아붙이는 공격을 막아내는 것이 먼저다. 방치하면 죽거나 다치게 될 테니까.

피할 곳?

없다. 사방에서 몰려들어 지척까지 다가왔다.

도도한 표정이던 십존의 얼굴에도 마침내 긴장감이 어렸다.

죽이고 죽여도 끊임없이 다가온다.

어떻게 그럴 수 있지?

이들은 두려움이란 감정이 없는가?

퍼억!

미려가 낫과 호미를 쳐내는 순간, 주먹만 한 돌멩이에 얼굴을 강타당했다.

"아악!"

십존이 강기를 뿌리고, 암기라고 할 수도 없는 암기들을 쳐내면서 외쳤다.

"죽여, 죽이란 말이야!"

죽이고 있었다. 짧은 시간이 지났을 뿐인데 그들 주변은 벌써 사상자들로 가득했다. 그렇게 많은 이들이 한순간에 죽고 다쳤다.

하지만 더 많은 이들이 다가왔다. 시체를 넘어 더 격노한 분노를 표출하며 달려왔다. 그들도 섬뜩하지만, 뒤를 이어 다가오는, 끝이 보이지 않는 사람들도 드디어 공포로 다가오기 시작했다.

돌멩이는 여전히 소낙비처럼 십존과 십지, 그리고 미려에게 쏟아졌다.

퍽퍽! 푹푹!

십지 중 둘이 돌멩이에, 그리고 비수와 낫에 찔렸다.

쇄애액! 콰직!

십천의 일지가 눈을 부릅떴다. 자신의 이마에 비수가 박혔다. 그는 그것을 인식하기도 전에 고꾸라지며 즉사했다.

낭왕 방야철이 일지를 해치우고 군중의 최선두로 나

섰다.

쇄애애액!

쩌어엉!

그의 박도가 십존의 검과 충돌했다.

퍼퍼퍼퍼어엉!

호신강기를 두른 십존의 몸 주변으로 돌멩이와 암기들이 튕겨져 나왔다.

방야철도 자신을 노린 것은 아니었겠지만, 쏟아지는 돌 세례를 피해 몸을 일시 물려야 했다. 그로 인해 주변에서 암기 던지는 것을 자제해야 한다는 웅성거림이 뒤쪽으로 이어졌다. 정확하게 던질 자신이 없으면 돌을 쥐지 말라는 당부도 전파됐다.

어쨌든 왕명의 말마따나 이 전장은 정상이 아니었다.

세상이 온통 광기로 뒤덮였다.

평생을 꾹꾹 눌러 참으며, 그저 하늘만 원망하며 한을 꾹꾹 누르며 참아왔던 것이 폭발하듯이 분출했다.

"끄아아아악!"

십지 중 한 명이 제 얼굴을 감싸 안으며 비명을 질렀다. 독수 당철현의 독무에 강타당한 것이다. 그는 팽우종과 상대하는 와중에 끊임없이 쏟아지는 암기 세례를 막기에 정신없었다. 그 속에서 은밀하게 다가온 독무를 미처 감지하지 못한 결과였다.

군중은 동료들의 시신을 넘어서 기어코 바로 적들의 앞까지 다가갔다. 검기를 셀 수도 없이 맞아 피투성이가 된 거대한 체구의 중년인이 자신의 배에 박혀든 미려의 칼을 움켜쥐었다.

그는 두 손으로 칼을 빼내지 못하게 마지막 힘을 쥐어짜 내며 미려를 노려보았다.

"우리…… 분타주님…… 건들지 마라."

미려는 그의 눈빛에 압도되었다. 평소라면 깔보며 손짓 하나로 죽음을 선언했을 천한 버러지에게 공포를 느꼈다.

그의 좌우에서 사내들이 나타나 미려의 얼굴을 주먹으로 때렸다. 하나는 피했으나 다른 하나엔 맞았다.

콰직!

"아아아악!"

코가 뭉개진 미려가 칼을 포기하고 비명과 함께 뒤로 물러났다. 하지만 그녀의 뒤에 있어야 할 아군은 없었다. 집중되는 암기들을 피하다 보니 자연스럽게 원진이 해체되어 버린 것이다. 그 순간, 조전후가 쓰러지는 중년인의 뒤에서 나타나 검을 휘둘렀다.

"우리 분타주의 복수다!"

슈각.

미려는 급히 몸을 틀며 검을 피했지만 중심을 잃고 말았다. 그녀가 땅에 쓰러졌다 곧바로 일어서려는 때, 단검이 엉덩이에 박혔다.

푸욱!

비검 장득무가 주먹을 불끈 쥐며 포효했다. 화가연이 한숨과 함께 고개를 저었다.

"하필 찔러도 꼭 저런 곳에……."

미려는 지독한 고통에 몸을 떨면서 단검을 빼내고는 데굴데굴 굴렀다. 정신을 뒤흔드는 고통에 비명조차 지르지 못했다. 그녀는 지금 자신이 울고 있다는 것도 인식 못할 지경이었다.

퍼억!

중년 어부의 회칼이 허벅지에 박혔다.

"끄아아아, 이것들이 내, 내가 누군 줄 알고……."

내공을 있는 대로 쏟아 부으며 몸을 날리던 그녀의 눈에 십지 중 하나의 목이 잘리는 것이 들어왔다.

어느새 그쪽으로 이동한 조전후가 그 수급을 들고 빽! 소리를 질렀다.

"내가 초절정을 죽였다아아아!"

화가연이 나직하게 쏘아붙였다.

"기절해 있었잖아요."

조전후가 진중한 어조로 속삭였다.

"확실히 넌 실전이 부족하군. 전공 때문에 외치는 게 아니다. 아군의 사기를 진작시키기 위함이지."

장득무도 함성을 질렀다.

"나도 초절정을 잡았다!"

"낭왕께서 이미 비수로 죽인 놈이라고요!"

화가연은 한숨만 늘어난다고 생각했다. 그럼에도 이 두 사내를 미워할 수 없었다. 상대가 워낙 고수들이다보니 별 전공은 없었다. 하지만 죽을 뻔한 아군을 제법 많이 구해냈다.

십존이 위기감을 느끼며 빽! 소릴 질렀다.

"남은 십지는 뭐하는 거냐? 당장 와서 나를 도와라!"

서문세가의 남은 무리들을 청소하는 것에 열중하던 여섯이 화들짝 놀랐다. 그들이 즉시 몸을 허공으로 띄웠다.

어기충소.

그들은 허공으로 몸을 빼냈다가 십존과 미려를 향해 섬전처럼 쇄도했다. 동시에 그들의 검에서 검기가 쏟아져나왔다.

쇄애애액, 쇄액, 쇄액, 쇄애애액!

"으아아아악!"

쓰러진다.

노인이, 청년이, 그리고 아낙네들이.

다행이라면 곳곳에 무림인들이 뒤섞여 있어서 이젠 피해가 그리 크지 않다는 점이었다.

착, 차차차아악.

여섯 십지가 십존과 미려를 둘러싸고 다시 원진을 구축했다.

군중과 무림인들도 심호흡을 하며 두 번째 충돌을 준비했다.

미려는 지독한 부상으로 정신이 가물가물한 상황에서도 고개를 돌려 친황대주를 찾았다. 그리고 둘의 시선이 마주쳤다.

"당장 이리 와서 나를 돕지 않고 뭐하는 거지?"

이제 서문세가의 무사들은 사실상 정리된 것이나 진배없었다. 십여 명이 아직 서 있으나, 모두 중상이었다.

친황대주는 미려에게서 시선을 뗐다. 그러고는 사방을 둘러보았다.

절로 실소가 흘러나왔다.

지금도 인원이 늘고 있었다.

무림서생은 대체 이곳에서 어떻게 살았던 것일까? 어떤 모범을 보였기에 이 사람들이 목숨을 초개와 같이 버리면서까지 지키려는 것일까?

친황대주는 다시 미려를 보았다.

"아가씨, 그러게 제가 뭐라고 했습니까? 항복해야 한다고 말하지 않았습니까?"

"너…… 설마?"

"다시 말씀드리죠. 개죽음은 사양입니다."

"……!"

미려뿐만 아니라 십존의 눈동자도 흔들렸다. 십존이 그를 향해 일갈했다.

"배신하겠다는 거냐?"

그때, 친황대주가 탄 말 뒤에서 한 여인이 모습을 드러냈다.

빙봉 모용린.

그녀는 평소의 도도한 표정으로 입을 열었다.

"천존, 그렇게 따지면 당신들은 왜 서문세가를 배신했죠?"

"빙봉, 네년까지……."

갑자기 모용린의 표정이 싸늘해졌다. 그는 십존과 미려를 차갑게 노려보면서 말했다.

"내가 경고했지. 천류영 분타주는 건드리지 말라고. 그건 나를 무시하는 거라고!"

친황대가 전열을 재편해 십존을 향해 공격 대열을 갖췄다.

미려가 고통에 치를 떨면서도 친황대주에게 소리쳤다.

"아버지의 진노가 무섭지도 않아?"

친황대주가 어깨를 으쓱하고는 모용린을 흘낏 보았다가 대꾸했다.

"빙봉 소저가 이렇게 말하라고 알려주더군요."

"⋯⋯?"

"잊지 마시길. 아가씨의 부고를 알리는 사람이 저라는
걸."

미려는 울화통이 터져 각혈을 하고 말았다. 모든 잘못
을 자신에게 뒤집어씌울 속셈이었다.

하지만 십존은 코웃음 쳤다.

"흥! 이곳에 있는 사람만 수십만이다. 결국 태감은 진
실을 알게 될 거야."

"⋯⋯."

모용린이나 친황대주도 그것까지 받아칠 말은 없었는지
침묵했다. 그때, 십존의 뒤쪽에서 낭랑한 목소리가 흘러
나왔다.

"그건 걱정하지 않아도 됩니다."

천류영이 독고설과 함께 재등장했다. 급한 상황이 일단
락되자 왕명도 더 이상 천류영의 고집을 꺾지 못하고 물
러선 것이다.

그를 본 군중들이 천류영이 무사한 것만으로도 기분이
좋은지 반색하며 환호성을 질러 댔다.

그러나 천류영은 무수하게 많은 시신들을 보며 입술을
깨물었다. 그 짧은 시간 동안 이렇게나 많은 사람들이 죽
게 될 거라고는 미처 예상 못했던 것이다.

그리고 그의 시선을 쫓던 독고설은 눈물이 나올 것 같

아서 이를 악물고 참았다.

한편, 십존과 미려의 눈에 기광이 스쳤다.

저놈을 잡으면 된다. 어떻게든 저놈을 잡아 인질로 삼아야 했다. 이 사지에서 벗어나는 길은 그것밖에 없다.

그 눈빛을 알아본 당철현과 방야철이 재빨리 천류영 옆으로 이동했다.

십존은 입술을 깨물며 천류영에게 말을 건넸다.

"태감이 진실을 알아도 상관없다? 과연 그럴까?"

천류영은 그의 질문을 흘려들으며 시신들을 천천히 훑었다. 한 사람, 한 사람…… 저 사람들의 빛나는 희생을 결코 잊지 않겠다는 표정으로.

십존이 사방을 훑으며 외쳤다.

"너희들뿐만 아니라 삼족이 멸하게 될 것이다! 계집들은 노예로 팔릴 것이고……."

천류영이 그의 말을 끊었다.

"그럴 일 없습니다."

그는 친황대주를 보며 말을 이었다.

"제가 태감을 뵙겠습니다. 그럼 태감께서 진실을 알아도 괜찮을 겁니다."

"……?"

친황대주는 묘한 기분이 들었다. 사실 그는 이곳에서 개죽음을 당하기 싫어서 모용린의 제안을 승낙한 것이다.

그리고 이곳을 벗어나면 평생 도망자로 살아야 할 운명을 예감하고 있었다.

그런데 무림서생이 저렇게 말하니 정말 괜찮을 듯도 싶었다. 수십만 명이 자발적으로 목숨을 내놓고 지키려 한 인물이다. 그런 자가 호언장담하는 말이니, 그냥 흘려들을 수 없었다.

분명 그럴 가능성이 거의 전무한데도 말이다.

십존이 차가운 눈빛으로 천류영을 노려보며 피식 웃었다.

"네놈이 언변에 재주가 있는 것 같은데, 아무리 그래도 소용없다. 말이 되는 말을 해야지. 결국 이곳에 있는 모든 자들은……."

다시 천류영이 그의 말을 끊었다.

"살고 싶습니까?"

십존은 자신의 말이 연달아 잘린 것에 분노하려다가 눈을 치켜떴다. 미려 역시 천류영에게 욕설을 뱉으려다가 삼켰다.

독고설이나 모용린도 놀랐고, 친황대주도 당황했다.

교전 시간은 짧았지만, 수백여 명이나 죽었다. 무림인들이 군중들과 협력하기 전에 너무 많은 이들이 몰살당한 것이다.

그런데 저들을 살려주자고?

만약 그 말을 천류영이 아닌 다른 누군가가 내뱉었다면 단숨에 쳐 죽였을 것이다. 그러나 그 말을 한 자가 천류영이기에 웅성거리기만 할 뿐, 대놓고 반박하지 않았다.

그렇게 많은 사람들이 당혹스러움을 드러내는 가운데, 천류영이 담담하게 미려를 보며 말을 이었다.

"살고 싶습니까?"

미려는 천류영의 입가에 스친 비릿한 미소를 보며 뜻모를 불안감을 느꼈다. 받아들이면 후회할 것이라는 본능적 직감이 뇌리를 얼핏 스쳤다.

4

빙봉 모용린의 주변에 있던 위충과 영능후, 그리고 검풍대주 독고포는 긴장한 낯빛으로 주변을 훑었다.

굶주린 맹수처럼 살기로 가득 찬 군중의 눈빛.

그들은 지금 천류영이 십존과 미려에게 건네는 제안을 머리와 가슴, 그 어디로도 받아들이지 못하고 있었다. 금방이라도 '죽이자!' 라는 함성을 지르며 폭발할 것만 같았다.

일촉즉발의 상황.

굳이 군중들의 분노가 아니더라도 십천과 미려는 반드시 이곳에서 없애야 했다. 살려두면 큰 우환이 될 자들이다.

그런데 정작 저들에게 가장 큰 고초를 당한 천류영이 살려주겠다는 제안을 하니, 당혹스럽기 짝이 없었다.

친황대주가 입술을 질끈 깨물었다가 모용린에게 속삭이듯 말했다.

"죽여야 하오. 저들을 살려주면 분명 우리부터 죽이려들 것이오."

모용린이 고개를 끄덕이며 동의했다.

하지만 지금 이 전장의 주인공은 자신들이 아니라 천류영과 백성들이다. 비록 백성들의 뜻이 저들을 죽이는 것이라고 하더라도 천류영의 의견에 반하는 얘기를 자신들이 내뱉는 것은 위험했다.

그만큼 지금의 분위기는 험악했다. 자칫 그 분노가 엉뚱한 곳으로 튀고 번질 수도 있는 법이다.

"알아요. 그러나 지금은 지켜볼 때예요."

친황대주도 지금은 신중해야 한다는 말엔 동의한다는 낯빛으로 고개를 끄덕였다.

그때, 천류영이 다시 십존과 미려를 향해 외치듯 말했다.

"살고 싶지 않습니까?"

십존은 입술을 강하게 질끈 깨물었다.

무림의 하늘인 자신이 고작 무림서생 따위에게 목숨을

구걸해야만 한단 말인가.

그의 자존심은 이런 현실을 받아들일 수 없었다.

가능하다면 어떻게든 뚫고 나가고 싶은데, 자신을 둘러싼 끝도 보이지 않는 수십만의 인파. 이건 정말이지, 도저히 뚫고 나갈 엄두가 나지 않았다. 일천의 서문세가를 희생양으로 삼은 것이 다시금 뼈아팠다.

자존심과 생존의 욕구가 그의 심중에서 격렬히 부딪쳤지만, 점차 무게 추는 살고 싶다는 본능 쪽으로 기울어져 갔다.

그때, 군중 속에서 누군가가 외쳤다.

"분타주님! 죽여야 합니다!"

그 외침이 터져 나오자마자 천류영이 큰 고함으로 맞받아쳤다. 마치 그 외침을 시작으로 봇물처럼 터질 군중의 함성을 미리 차단하려는 듯이.

"제가! 여러분의 분타주라면! 잠시만 제게 시간을 주십시오!"

천류영.

고문과 매타작으로 인해 엉망이 되어버린 몰골이었으나, 지금 그의 외침은 달랐다.

사방을 쩌렁쩌렁 울리는 기백.

그를 알고 있던 사천의 동지들도 놀랄 정도였다. 군중들 역시 놀랐다.

항상 온화하게 웃으며 살갑게 굴던 분타주였다. 그러던 그가 이런 모습을 보이니, 모두들 놀라서 눈을 치켜떴다. 그리고 군중들은 하나둘 고개를 끄덕이기 시작했고, 미소를 머금었다.

소문으로만 듣던, 전장에서는 군신이 된다는 무림서생의 모습이었다.

과연 우리 분타주님이라는 기색이 군중의 얼굴에 피어났다.

하지만 군중들에게서 느껴지는 살의와 광기는 전혀 누그러들지 않았다. 자신들의 분타주가 이리 기회를 주는데도 아직까지 뻣뻣하게 서 있는, 파렴치하고 뻔뻔한 적들에게 더욱 분노가 치밀었다.

천류영은 다시 십존과 미려를 쏘아보며 입을 열었다.

"마지막으로 묻죠. 정녕 죽고 싶습니까?"

그의 물음은 한기가 느껴질 정도로 차가웠다.

십존은 자신도 모르게 한숨을 삼켰다.

생존 욕구가 자존심을 완전히 눌러 버렸다.

일단 거짓 항복으로 이 자리를 모면하는 것이 우선이다. 자신은 권력, 부, 무력, 모든 것을 가지고 있다. 그렇기에 더더욱 이렇게 허망하게 죽을 수는 없었다.

그가 항복을 선언하려는 순간, 미려의 입술이 먼저 떨어졌다.

"살려줘. 제발……."

얼굴이 으깨지고, 어깨와 허리, 둔부와 허벅지에 부상을 입은 그녀는 반(半) 혈인(血人)이었다.

그녀는 방금 전까지 흘러내리던 눈물을 피 묻은 소매로 훔치고는 절박하게 간청했다.

"무림서생, 나는 지금…… 아파서 죽을 것 같아. 피도 많이 흘렸어. 빨리 치료받지 않으면 나는 아마 정말 죽을 거야."

그녀는 자신을 노려보는 군중들의 광기 어린 시선이 두려웠다. 마치 죽음의 공포를 느끼는 것마냥 몸을 부들부들 떨어 댔다. 그러더니 손을 품속에 넣어 두 개의, 제법 커다란 비단 염낭을 꺼내서 천류영에게 던졌다.

독고설이 혹시 몰라서 앞으로 나서며 염낭을 잡아채고 속을 확인했다. 미려가 그것을 보며 외쳤다. 군중들의 살기가 조금이라도 진정되기를 기대하며.

"천주옥(天柱玉)과 야명주, 그리고 천하상회의 전표야. 그거면 여기에서 죽은 자들의 가족들이 평생 먹고살 수 있을 거야."

독고설은 천류영을 향해 묘한 한숨을 내쉬고는 나직하게 속삭였다.

"천주옥은 본 적이 없어서 모르겠지만, 야명주와 전표는 맞아요. 전표는…… 금자 천 냥짜리로 백 장 정도."

황금 십만 냥.

그 속삭임을 들은 낭왕이 기가 질린 표정을 지었다.

황금 십만 냥의 전표를 들고 다니다니!

그리고 얼핏 본 천주옥과 야명주도 진품이라면 역시 전표만 한 가치를 지닌다.

대략 이십만 냥.

죽어간 사람들의 가족이 평생 먹고사는 것뿐만 아니라 수십 대에 걸쳐서 펑펑 써대도 다 쓰지 못할 거액이었다.

다만, 독수는 이미 예상했다는 듯이 무덤덤했다.

천류영은 독고설을 향해 챙기라고 말하고는 미려를 보았다.

"보상보다 더 중요한 사과는?"

미려의 얼굴이 찰나 일그러졌다. 그러나 그녀는 입술을 깨물며 천천히 고개를 숙였다.

"미안해."

"뭐가?"

"……."

"뭐가 미안하다는 거냐고?"

미려가 난감한 기색으로 십존을 보았다. 둘의 표정은 비슷했다.

자신들이 대체 뭘 잘못했지?

천류영이 기가 찬 표정으로 쓴웃음을 깨물었다.

"우리가 처음 만났던 날을 기억하나?"

"······."

"당신은 나뿐만 아니라 성실하게 일하는 농부를 모욕했지. 땀 흘리며 일하는 사람들을 버러지 취급 했어."

천류영은 사방을 천천히 훑다가 다시 미려를 직시했다.

"나를 포함한 모두에게 제대로, 진심으로 사과해라. 아주 정중하게."

미려의 망가진 얼굴이 파르르 떨렸다. 속에서 천불이 일었다. 그러나 그녀는 지금 몹시 아팠다. 조금이라도 빨리 의원에게 가서 치료를 받고 싶었다.

"그렇게 하면······."

차마 말을 끝맺지 못하는 그녀를 위해 천류영이 말을 받았다.

"나는 한 번 약속한 건 지킨다. 그런 신뢰가 없다면 이 많은 사람들이 나를 위해서 이렇게 모였을까?"

"······."

십존이 굳은 얼굴로 미려를 향해 천천히 고개를 끄덕였다.

"내 생각에도······ 그때의 네 행동은 좀 심했다."

십존, 그는 지금 미려가 먼저 나서준 것이 고마울 따름이었다.

미려는 십존도 야속하고 원망스러웠다. 애초에 친황대

주의 제안을 따랐으면, 그래서 거짓 항복을 했으면 벌써 이곳을 빠져나갔을 텐데. 이렇게 부상을 입지도 않았을 테고, 굴욕도 당하지 않았을 것을.

그러나 이젠 어쩔 수 없는 일이기에 고개를 끄덕였다.

"그렇죠. 그때 제가 조금 흥분하긴 했어요."

그녀는 앞으로 몇 걸음 나와서 천류영에게 허리를 숙였다. 고개도 숙였는데 허리쯤이야.

뭐든 처음이 어렵지, 그다음은 쉽다.

"얼마 전, 추수를 하고 있던 논에서 내가……."

천류영이 말을 끊었다.

"제가."

미려의 눈가가 파르르 떨렸다. 그녀는 이를 악물었다가 다시 말했다.

"제가 여러분께 큰 실수를 했습니다. 죄송합니다."

"다음 말을 크게 따라 해라. 다시는 사람을 무시하지 않겠으며, 백성을 하늘처럼 받들며 살겠습니다."

"다시는…… 사람을 무시하지 않겠으며…… 후우우, 후우우, 백성을…… 하늘처럼 받들며 살겠습니다."

"무릎을 꿇어."

"……!"

미려의 눈가뿐만 아니라 양 뺨이 부들부들 떨렸다.

무릎을 꿇으라고? 내가?

그녀의 고개가 십존을 향했다. 그러나 십존은 그녀를 외면했다.

결국 그녀의 몸이 내려갔고, 이내 무릎을 꿇었다.

그걸 보는 군중들의 눈가가 씰룩거렸다. 태감의 딸이 자신들 앞에서 무릎을 꿇을 줄이야!

미려는 격한 숨을 몇 차례 내뱉다가 고개를 들어 천류영을 보았다. 하지만 분노와 살기를 감추기 위해 안간힘을 써야 했다.

"됐나요?"

"좌우와 뒤쪽에 있는 분들께도 해야지."

그녀의 손이 꽉 쥐여져 주먹이 되었다. 살심만으로 사람을 죽일 수 있다면, 천류영을 천 번은 찢어 죽였으리라.

하지만 이제 와 못하겠다고 무를 수도 없었다. 지금까지 한 것이 억울해서라도!

미려는 동서남북, 허리를 꺾으며 읍했다. 그러면서 방금 한 말을 반복했다. 몸이 아프기도 하지만, 자신의 처지가 수치스러워서 다시 눈물이 펑펑 쏟아졌다.

처음엔 이게 무슨 황당한 일인가 싶던 군중들의 얼굴에 묘한 미소가 스며들기 시작했다.

억지로 하는 건줄 다 아는데도 가슴이 후련하고 통쾌했다. 모두 그런 건 아니지만, 많은 사람들의, 광기와 살기에 차 있던 눈빛이 조금씩 가라앉기 시작했다.

그 모습을 지켜보던 모용린이 나직이 탄성을 흘렸다. 위충과 영능후가 왜 그러냐는 듯이 눈으로 묻자 모용린이 실소를 뱉고 나직하게 말했다.

"천 공자는 이번 사태의 원인이 명명백백히 저들의 잘못 때문이라는 것을 수십만 명 앞에서 밝히고 있는 거예요. 저들의 자백으로."

친황대주의 눈에 이채가 스쳤다.

맞다. 그리되면 역모로 몰아가기 어려워진다. 물론 비원에서 항변할 수 있다. 협박에 의한 어쩔 수 없는 상황이었다고.

그럼에도 이 사실은 매우 중요하다.

이쪽에서도 반박할 거리가 생기는 거니까.

무엇보다 소문이 유리하게 날 공산이 커졌다. 그리고 왠지 무림서생이 이걸 잘 이용할 것만 같았다.

모용린은 친황대주를 보며 미소 짓고 말을 이으려다가 다물었다. 친황대주는 들어도 이해하기 어려울 테니까.

천류영이 이렇게 억지로라도 사과를 받아내려는 진짜 이유를.

바로 백성들의 상처를 어루만지면서 위로하고 있는 것이었다. 그들이 광기와 살의로 인해 자신들의 삶을 피폐하게 만들지 않을까 걱정하고 있는 것이다.

어차피 이 순간은 지나간다.

그리고 백성들은 다시 일상으로 돌아가야 한다. 그때, 사람들이 여전히 분노와 광기에서 헤어 나오지 못할까 염려한 것이다. 생업과 가족을 팽개치고 앞으로도 계속 분타주를 지키기 위한 싸움에 몰두할까 저어하는 것이다.

모용린은 민초를 향한 천류영의 마음 씀씀이에 감동하면서도 굳은 표정을 풀지 않았다.

천류영의 깊은 속내는 충분히 이해하지만, 그것만으로 사태를 끝마칠 수는 없었다.

천류영은 이곳에 있는 백성들에게 보여줘야 했다.

스스로 강하다는 것을.

그렇지 않으면 백성들은 천류영이란 희망을 잃을까 계속 불안할 수밖에 없을 것이다. 십존과 미려가 되돌아와 해코지를 할까 두려울 테고 말이다.

그렇게 모용린과 군중들은 후련함과 불안함이 교차하는 표정으로 천류영을 주시했다.

미려가 사방을 향해 사과를 마치고는 굴욕감에 붉어진 얼굴로 천류영을 향해 말했다.

"이젠 됐죠?"

"썩 좋다고 할 수는 없지만, 이해하지."

"그럼 약속을 지켜요."

"물론."

침묵으로 지켜보던 독수 당철현이 입을 열었다.

"천 공자, 자네가 사과를 받아낸 이유는 어슴푸레하게나마 알 것 같군. 하지만 저들은 결코 자네의 호의를 기억할 자들이 아니네. 오히려 증오와 원한만 깊게 한 거야."

낭왕 방야철이 맞장구쳤다.

"죽여야 하네."

십존과 미려의 얼굴이 일그러지는 가운데, 천류영이 입을 열었다.

"다시 말하지만, 저는 약속을 지킬 겁니다."

십존과 미려의 얼굴이 밝아졌다. 그 둘의 표정 변화를 보며 천류영이 미소로 외쳤다.

"기억력으로 천하제일인 빙봉!"

닭살 돋는 부름이지만, 굳어 있던 모용린의 표정이 스르르 풀렸다. 마치 자신을 불러주길 바라 마지않았다는 듯이.

천류영이 그녀에게 물었다.

"제가 미려에게 한 약속, 기억합니까?"

모용린의 미소가 짙어졌다. 역시 그는 무림서생 천류영이었다.

"물론이죠."

십존이 어이없다는 표정으로 끼어들었다.

"기억력? 방금 네가 한 약속을 여기 있는 모두가 들었는데, 무슨 기억력까지 들먹이는가!"

천류영이 어깨를 으쓱거리며 대꾸했다.

"방금? 그건 무슨 말이지?"

"뭐? 네가 분명 우리를 살려주겠다고……."

천류영이 그의 말을 끊었다.

"나는 살고 싶냐고 물었을 뿐인데? 훗, 그걸 약속이라고 착각했나 보군."

십존의 얼굴이 참담할 정도로 구겨졌다.

"뭐? 그런 억지가……."

"내가 미려에게 한 약속은 하나밖에 없다. 처음 만난 날."

"……?"

모용린이 냉큼 끼어들었다.

"십존, 머리가 나쁘군요."

십존과 미려가 황당해하는 가운데, 모용린의 말이 이어졌다.

"훗, 그날 무림서생이 미려에게 한 말을 토씨 하나 바꾸지 않고 얘기할 테니, 기억을 더듬어보라고."

미려가 악에 받쳐 외쳤다.

"대체 그날 무슨 약속을 했다는 거야?"

모용린은 얼굴에서 미소를 지우고 정색했다. 그리고 영문을 모르겠다는 얼굴로 자신을 쳐다보는 미려를 향해 말했다. 마치 그때의 천류영이 된 것처럼.

"한 가지 약속하죠."

"……?"

"머지않아, 저에게 무릎 꿇고 사정할 날이 올 겁니다."

미려와 십존의 몸이 학질에 걸린 것마냥 부들부들 떨렸다. 모용린의 천류영을 흉내 내는 말이 계속됐다.

"그렇지만, 미안하게도 저는 당신을 용서하지 못할 것 같군요."

"……!"

천류영이 빙그레 웃었다.

"그때 한 약속대로…… 난 당신들을 용서하지 못하겠어."

십존과 미려는 너무 어처구니가 없어서 욕조차 나오지 않았다.

그리고 천류영이 무겁게 외쳤다.

"주작단은 우측, 친황대는 후위를 맡는다! 검풍대는 좌측으로 이동하라! 절강 분타의 모든 무사는 그 부대들 뒤에서 대기한다."

그는 주변의 독수 어르신과 낭왕을 비롯해 동료를 보며 말을 이었다.

"정면은 우리."

모두가 고개를 이심전심으로 끄덕였다.

천류영은 십존과 미려만큼이나 당황한 군중들을 훑으며 외쳤다.

"이것은 무림의 싸움입니다."

군중들도 깨달았다. 천류영 분타주가 자신들을 위해서 이 싸움을 이제 무림만의 것으로 되돌리려 한다는 것을.

적지 않은 희생이 있었다. 우리는 그 희생을 기억할 것이다. 그리고 지켜볼 것이다.

우리의 분타주께서 그 복수를 대신 해줄 것을!

천류영은 자신에게 쏟아지는 무수한 시선을 느끼며 미소를 머금었다.

"그러나…… 부디 응원해 주십시오. 악당들은 반드시 응징해야 하지 않겠습니까!"

아주 잠깐의 정적.

그런 후, 거대한 함성이 터져 나왔다.

"와아아아아아아!"

"우와아아아아아!"

이제야 군중의 얼굴에서 광기와 살의, 그리고 후환에 대한 두려움이 완전히 지워졌다. 대신 믿음과 통쾌함이 자리했다.

희생을 기리며 슬픔과 광기, 그리고 두려움과 살의에 빠지는 것이 아니다. 희생을 극복하고 앞으로 나아가야 한다.

그것이 천류영 분타주가, 그리고 희생된 이들이 진정으로 원하는 것이다.

고통과 비통의 역사에 머물지 않고, 그것을 희망과 승리의 축제로 승화시킬 것이다.

"와아아아아아!"

천류영은 함성을 뒤로한 채 이를 갈고 있는 십존과 미려를 차갑게 직시했다.

미려가 원독에 찬 눈빛으로 외쳤다.

"감히 나를 능멸해?"

십존도 이를 갈았다.

"천류영, 네놈만은! 네놈만큼은 반드시!"

천류영은 그들의 말을 무시하며 검을 들어 올려 천공을 찔렀다. 그의 명이 떨어졌다.

"공격합니다."

숨죽이고 있던 무사들도 일제히 함성을 질렀다.

"와아아아아!"

낭왕이 가장 먼저 십존을 향해 달려 나갔다. 독수 당철현과 하월 팽우종도 뛰었다. 조전후와 비검, 매검도 서언의 주작단과 함께 달렸다. 검풍대도 움직였고, 친황대도 말을 몰아 압박했다.

적은 불과 여덟.

그러나 미려를 제외한 어느 누구도 감히 무시할 수 없었다. 한 명, 한 명이 정예 수백을 감당할 수 있는 고수들. 또한 아군의 숫자가 아무리 많아도 결국 저들을 한 번에 상대할 수 인원은 몇 명으로 제한될 수밖에 없다.

승리는 분명하나, 적지 않은 피해를 입을 공산이 컸다.

독고설은 천류영이 발을 내디딘 것을 보고 따라붙으며 말했다.

"몸은 괜찮아요?"

굳이 당신까지 나설 필요 없다고 말하고 싶었지만, 참았다. 수많은 눈들이 천류영을 지켜보고 있다.

실제 교전에 합류하지 않더라도 앞으로 나아가는 모습을 보여주는 것이 좋다고 그녀도 판단했다.

또한 쟁쟁한 동료들이 저들을 곧 잡아낼 것이라고도 믿었다.

천류영이 독고설을 보며 싱긋 웃고 말했다.

"각오 단단히 해. 십존은 분명 나에게 올 거야. 그가 살아날 유일한 길이니까."

"하지만 독수 어르신과 낭왕께서, 그뿐 아니라 주작단과 검풍대의 일부도 우리 앞을……."

천류영이 그녀의 말허리를 끊었다.

"올 거야."

"……"

"수하를 희생시켜서라도."

"……."

천류영이 빙그레 웃고 말했다.

"우리 실력을 보여주자고."

〈『패왕의 별』 3부, 제20권에서 계속〉